山 光 水 影

也斯 著

江苏凤凰文艺出版社

图书在版编目(CIP)数据

山光水影 / 也斯著. —南京:江苏凤凰文艺出版社,2016
 ISBN 978-7-5399-7894-9

Ⅰ.①山… Ⅱ.①也… Ⅲ.①散文集-中国-当代 Ⅳ.①I267

中国版本图书馆 CIP 数据核字(2015)第 303444 号

书　　　名	山光水影
著　　　者	也　斯
责 任 编 辑	张　黎　黄孝阳
出 版 发 行	凤凰出版传媒股份有限公司 江苏凤凰文艺出版社
出版社地址	南京市中央路 165 号,邮编:210009
出版社网址	http://www.jswenyi.com
经　　　销	凤凰出版传媒股份有限公司
印　　　刷	江苏凤凰通达印刷有限公司
开　　　本	880×1240 毫米　1/32
印　　　张	7.25
字　　　数	150 千字
版　　　次	2016 年 7 月第 1 版　2016 年 7 月第 1 次印刷
标 准 书 号	ISBN 978-7-5399-7894-9
定　　　价	35.00 元

(江苏文艺版图书凡印刷、装订错误可随时向承印厂调换)

1976 也斯在台湾

1973 在鹿头

1974 大屿山

1975 与儿子在山顶草地上

1977 往蒲苔岛的渡轮上

山光水影／序

文学家也斯

黄 梵

读也斯先生的散文，会让人有突然不再眼瞎的醒觉。此前我读过他的《在柏林走路》一书，他的学识、谦逊、爱港的拳拳之心，让他能看清香港诸多文化问题的答案，其时人已在德国。他盛赞德国时，很难不想到香港文化的欠缺。就连在图宾根参加"闻一多研讨会"，也带给他世界主义的感触："异乡的评论和演绎令我们反省：很难再狭隘地说只有中国人才懂中国文学，反而应该珍惜跳出狭隘观点的交流……"他似乎命中注定，要成为矫正香港文化的一代先驱。他早年是对夏宇等台湾诗人产生了影响的香港诗人，其第一本诗集署名梁秉钧。关于他的诗，于坚去年在南方都市报上写过一篇夸赞文章，他内疚先生这么好的诗，他竟"发现"得这么晚，他俩本该一见如故。德国比中国大陆更早发现先生诗作的好，继邀请北岛、顾城、杨炼、舒婷之后，德国国际文化交流署把发现好诗人的目光，转向了先生。上述《在柏林走路》一书，便是先生那次作为诗人受邀访德的成果。考虑到诗是先生早年创作的核心，我用诗的眼光看待先生后来的散文写作，也就合情合理，并不为过。打个有点抽象的比方，诗之于先生其它体裁的写作，犹如泛神论者的神之于万物，哪怕捡到一朵落花，他们也会对潜入了落花的神性恭敬有加。

诗是先生散文中看不见的灵魂，这本《山光水影》便是极好的例子。如果说这些短文的精短，不只是因为报纸专栏篇幅的限制，也取决于这些短文具有的诗心，一定会有人质疑我。但我想说，这些短文之所以吸引人，是因为先生选择了一种诗性语言，这种语言的根本智慧在于克制，和对悖论的迷恋。"小岛睡了。小岛并没有睡。那些躺在门前帆布床上的人静了，但还有我们，还有这场凌晨三时半的雨。"（《长洲，凌晨三时半的雨》）"对事物知与未知之间，生活一切还不曾固定下来的那些光阴是最美的，但也是最充满焦虑的……就像这个雾的故事。"（《雾》）"没有事情是完美的，当风在外面怒吼，而这是你在黑暗世界上唯一的营，你会珍惜枯枝的火光、吵闹的笑语。"（《风中的营》）先生善于把事物的两面拉入短文，同时打开正反，来产生悖论似的妙趣。这不是无关宏旨的策略，恰恰是先生从诗继承的最妙的思维，使得他总能看见事物的"另一面"。"另一面"之所以被人们忽视，是因为它不只是客观物象，身临其境也未必能看到。这"另一面"来自诗人的主观凝视，若无一颗比常人深的诗心，"另一面"就会雁过无痕。在《晒太阳的方式》中，先生不会略过正常晒法，但人群中隐着一个少女的胆怯晒法，也没逃过他那双被诗训练的眼睛，"双脚却是暗灰色，那是因为她穿了丝袜……这双灰暗的腿，像两头臃肿而犹豫的野兽，试探地爬上前面低低的铁栏，举起头，笨拙地转动，初次尝到阳光的滋味。"在《早上的事》结尾，先生写道："我忍不住想：我这样体谅机器，机器也会同样体谅我吗？清风哗笑着在我头顶经过。"诗心不止令先生始终难舍事物的两面，使他看得更远、更多，也让他心有旁骛。

先生着力旁骛的，当然是充满诗性的语言。细品先生的散文会发现，他的散文多数是逐句追随出来的，后一句追随前一句，前一句的节奏、语感、意象，都成为后一句的向导，文章意图并非事先预设，是依靠语言逐字逐句完成的一场发现。读者不得不跟着他的视线一起寻找，没有找到之前，读者会把文章主旨寄托于结尾。先生安排起结尾来，颇似美国作家卡佛，并不在乎读者索要的重要"意义"，常靠平淡无奇将意义悬置，令传统读者不太适应，如《路、房宇、海水》《一杯热腾腾的东西》《雨》等。这种顺应语言寻找之旅的写法，当然来自诗歌，也使散文不再变得一模一样，因为语言的每一次摸索前行，很难走同一条老路。语言通过摸索，既丢失了规整、一致，也造就了散文多样的面貌。比较《一团面粉》《烂头东北》《路、房宇、海水》等，可以看清它们大不相同的外貌，都来自对语言的尊重和顺应。记得大陆有人曾向我抱怨先生散文的"驳杂"，是的，这本《山光水影》与我读过的另一本《在柏林行走》，确实不像同一人的作品，但我对"驳杂"的看法大不一样。"驳杂"恰恰揭示了散文有更广袤的新疆土、新可能，也让读者懂得，美的创造不是中规中矩的一劳永逸，美是需要不断越界的创举。如同台湾散文大师王鼎钧已把小说、戏剧、诗歌悉数化入散文，先生也让他的一些散文具有小说的形貌，比如《一团面粉》《夜行》《圣诞卡》等，但抵达的来路与王鼎钧先生很不一样。大概王鼎钧先生早年的诗，远未有也斯先生诗的成就，前者的散文就不太仰赖语言的敏感摸索,前者靠事先深思熟虑的思考,创造了许多绝妙的说法。我在纽约与王鼎钧先生聊天时,蓦地意识到,他那些说法已先于写作存在,他驾轻就熟,写作时信手拈来。但也斯先生的思考方式,更像一个诗人,一切思想和意味,都仰赖写作之中的语言摸索,正是复杂诗意的驱使,令先生的散文有了更开放的"驳杂",也令先生写得出所有的体裁:诗、散文、小说、评论、论文等。我也读过先生的小说集《养龙人师门》,从诗人的角度去理解,便有着更丰沛的说服力,那是诗人小说,里面的一招一式、一颦一笑,都充满诗的意味,都来自语言克制的恰到好处。先生以这样的诗心写了半个世纪,也该令有心人了解他文章的魅力所在了吧?!

也斯先生的文学事业和身份,更适合用一个笼统的词"文学家"来概括,与当代津津乐道的"诗人""小说家""散文家""评论家"等专家概念,格格不入。他的写作完全不受专业划分的束缚,这让我想到每种文化总会旁逸斜出,贡献几个类似的人物,他们意志强大,能力超强,不甘一生做某个体裁的专职奴隶。法国有考克多,美国有沃伦,阿根廷有博尔赫斯,他们都因其丰富的内心,不肯舍弃任何一个体裁。也斯先生身处香港这个"倾侧了的社会里"(也斯语),却做着和他们相同的事,那血淋淋的精神冲撞,可想而知。也许恰恰处于做文化事倍功半的社会,有心人更能感到诗的必要,因为诗是一切文字美感的源头,惟有它,不会乐于接受商业理性的控制。就诗的本性来说,诗是一种脱离设计的迷思、想象、浪漫、情感,很难成为现实主义文体,先生善用它来写散文，就会在人迹稀少的个人与社会之间，找到重新发现、想象和命名的自由。这是沃伦、博尔赫斯等人写作历程中的真实故事，也是藏在他们多种体裁写作中的共同秘密。也斯先生，这位香港的后来者、集大成者，靠一己之力的摸索，居然殊途同归，和上述境外前辈一样，走上了一条包罗万象的写作之路，即试图把观察和思考，用意味幽远的诗意永远锁牢……

2015.10.3.写于南京六合里

目　录

◆ 冷　暖

深深浅浅的绿色　｜ 2

花　灯　｜ 4

竹　琴　｜ 6

米　｜ 8

火车站　｜ 10

花　生　｜ 12

草地上的午餐　｜ 14

文字玫瑰花　｜ 16

两层玻璃外的冬天　｜ 18

小巴的倒后镜　｜ 20

祈愿达摩　｜ 22

母　亲　｜ 24

两个少女　｜ 26

一团面粉　｜ 28

给画拍照　｜ 30

晒太阳的方法　｜ 32

民新街　｜ 34

清凉的天气 | 37

夜 | 43

钱　币 | 45

雨 | 47

彩虹的胜利 | 49

圣诞卡 | 51

赤　柱 | 53

早上的事 | 55

电视上的车声 | 57

旧书新果 | 59

◆ 山　水

风中的营 | 62

天　梯 | 64

蒲台岛 | 66

鹿　颈 | 68

大自然的错误 | 70

一杯热腾腾的东西 | 72

雾 | 74

长洲，凌晨三时半的雨 | 76

向月亮唱歌 | 79

大屿山 | 81

烟与颜色 | 85

路、屋宇、海水 | 87

烂头东北 | 89

夜　行 | 100

◆ 声　光

笑容可掬的脸 | 108

金属的心跳 | 110

老　人 | 112

不可能的梦 | 114

画的说话 | 116

请勿触摸 | 118

强烈的个性 | 120

表达情感的舞蹈 | 123

陌生人与亲人 | 126

《冬暖》的细节 | 129

祝　福 | 131

影　响 | 134

雷诺亚的午餐 | 136

女侍日记 | 138

拘谨的与自然的 | 140

阿普阿雷阿土 | 143

活地阿伦 | 145

差　利 | 147

如此演戏生涯 | 149

燃不着的烟草 | 151

傻大姐 | 153

恋爱中的女人 | 155

时流上的造像 | 157

独舞的人 | 159

清白者 | 161

◆ 表　里

父与子 | 166

小孩与蚊 | 168

阿　以 | 170

赖　床 | 172

烧鸭师傅 | 174

饼店老板 | 176

满口袋都是纸条的人 | 178

逝　者 | 180

坟　场 | 184

新年前后 | 189

浪漫和世故的混合 | 196

办娱乐刊物的朋友 | 198

不愿变狼的羊 | 205

远去的人 | 207

后　记 | 214

冷　暖

深深浅浅的绿色

小巴经过的路上，陈旧灰墙边搁着一个绿色玻璃瓶，那是一种孤寂的暗绿。然后车子经过交通灯，一种浮肿的绿。横街里一辆雪糕车，一种不成熟的浅绿，太轻太轻的叮当。光是这些深深浅浅的绿色，就够你记下来。你可以一直记下这个绿那个绿直到每个人发闷为止。而世界上的确还有很多绿色，分辨各种不同的绿色，已经够一个人忙的了。

小巴开回头。我以为它跟我开玩笑，把我载回原来的地方。原来它要兜一个大圈。停在一辆车旁边，绿色的，那是电车；然后我们又再开车，离开了；又一次，停在另一辆车旁边，绿色的，这次是垃圾车。

然后我们又开车。离开了。我们离开各种绿色。数一数：舞厅招牌的绿字、沿地一列排开的盆栽、银行墙壁的绿色。又是草、又是雨衣、又是新奇士纸盒招牌的底色、又是那外国人的裤子。又是山上的树，又是墙上的污渍。又是生长，又是腐朽。

每一种绿色都是不同的。你可以数出，从鲗鱼涌往湾仔车上所见的，各种深深浅浅不同的绿色吗？树在摇动，雨要落下来了。校园旁一个绿色的电话亭，有人正在打电话到远远的地方去。杂货店里绿色的衣架,没有挂着什么。面铺里一个绿色的大"面"字,后面是腾腾涌起的白蒸气,虚渺的白色前面,一个实在的绿色大字。我的眼睛仍在搜索绿色,我错过一些,找到一些。你用看着绿树的眼睛,看见一个带笑的人;你看见忧伤的眼睛,看见满天阴霾了。风景互相沾染,人群清浊夹杂,你坐的车,左弯右拐在其中前行,偶然看见人家露台上爽神的一点青葱;偶然一幅巨大的广告牌,苍白了大家的脸色。驶近一辆车,又离开了。我不想追随流行的颜色,但也不会掉过头去不看满街缤纷,反正世界上总有那么多不同的绿色。

(一九七七年二月)

花　灯

中秋节前一晚，我们到朋友家去做花灯。一卷铁线、一些彩色的玻璃纸，加上胶水、剪刀、洋烛等等，这便动手做起我们的花灯来了。有人做蝴蝶；有人做老鼠；有人做一个小圆桶，然后他说那是一个车轮包；有人做一只蜻蜓，因为头垂了下来，所以说那是一头忧郁的蜻蜓；有人做了半边的飞虫，扎上各种彩纸，然后用一根棒把它竖起来；有人做公主的小帽；至于我，我做一头犀牛。等到大家都做好了，便给花灯点上洋烛，然后关上电灯。在黑暗中，七八盏花灯透出的亮光烘亮了我们的脸。不过是简单的彩纸和铁线，却可以做出一些发光的东西来。这些人造的动物，静静地伏在那里，内心有一支洋烛在燃烧，透过外面彩色的玻璃纸，让我们看到那闪耀的心在动。夜深了，偶然，一盏花灯的洋烛燃尽，花灯的垫底燃烧起来，花灯主人便连忙扑熄它，而其他人就唱：快乐诞辰……

中秋节晚上，我们到维多利亚公园看花灯。草地和小丘上，到处坐满了人。人们坐在草地上，把花灯挂在树的枝头，在身旁用洋烛围一个圆圈。有时，有人用盛可乐的纸杯覆在洋烛上，于是这平凡的东西也焕发起来了。人们坐在灯和光的中央，吃月饼、喝酒、谈话。人们在灯旁边走过，像我们，欣赏肥胖的鱼灯、飞机和坦克车、或者是一头被人牵着走的乌龟灯。人在灯光间穿梭，整个山头点点的光因为人影掩映而忽明忽灭。我们说明年要再做一些更大的花灯带来。坐在路旁的铁栏上，看有人用气球放起一盏花灯，渐升渐高，渐去渐远，它终于成为天上的一颗星星，久久停在那里，我们走远了还回头，担心这星星会掉下来……

（一九七四年十月）

竹　琴

家中有一个竹琴,是朋友送的。是一截巨大的竹筒,中间开了洞,上面拉上几根弦线。我不知可有这么大株的竹,因为是手做的琴,所以美丽得很朴素。

我童年时在以竹为名的乡下住过,也没见过这样的竹。而且现在由做的人拉上弦,弹起来就可以听见悦耳的声音。懂得的人用手按着弦线,熟练地按抚它,它就唱出整首歌来了。

可惜的是,这琴落到我手中不久,就断了一根弦。而因为它的构造比较复杂,要探到里面去才可调回那弦,所以就这样给搁下来了。我说了一次又一次要修好它,正如我说了一次又一次要写应该写的信、做应做的工作、办妥琐碎繁杂的事务一样。

那真是一个美丽的竹琴,任它那样搁置在那里是可惜的。我尝试拿起来,但修理是那么困难,好像教一个外行的人没法探手进它的心里。它的弦坏了,我又没法换上另一根弦,所以它就变成没法弹奏出音乐的琴了。

这真是可惜。我就只是任它搁在那儿。它像一尊雕像、一株罗汉松或是一根印第安人的图腾柱地竖在那里。任它有这么美丽的外貌、美好的素质，就是没法发出美丽的声音来。

有人说："这样也好，竖在那里，像一件现代艺术品！"许多现代艺术品都像弃置的用具，但我宁愿它可以在人手里发声。何况坏了的一根弦卷起来，令人感到像有一个伤口在那里。

我从天后诞带了几个纸风车回来，五彩缤纷的，就插在这空竹筒的宽口中。这朴素的雕塑有了一点颜色。它的伤口插上这多彩的装饰。当风一来，纸的风车瑟瑟转动，它像在絮絮说话，它仿佛也开始懂得遮去哑默难言的烦忧。

（一九七五年七月）

米

　　看见一些米粒溅在地上，混和着灰尘。尽管这样几粒米，可能不值什么，但也许因为那颜色，也许因为自小的观念，总是觉得，米粒是不应混和灰尘的。

　　就像许多别的事情一样，我们现在是多见煮成的饭，少见原来的米了。我是记得米的。童年时常到一个亲戚家去，那儿是个米铺，门前的木桶中盛着米，一个个小丘似的。偷偷把手插进去，有一阵爽快的清凉。铺中四壁叠着盛满米的麻包袋。偶然有一个空间挂着开张时人家送的贺镜。在这四壁叠满麻包袋的铺子中，坐在脚碰不到地面的高凳上，听着主人家的太太认穷，不过我们知道那亲戚其实富有。那时候，米就是财富了。

　　还有就是，童年时蹲在母亲身旁看她洗米，那样两手合起来磨着米。可见由米煮成饭，也不是容易的一回事。近年来电饭煲等普遍了，种种生活方式的改变，我们也离开米愈来愈远。年纪大一点的人，才会说我们不知道当日香港沦陷时，要找一包米是多么的困难。

　　米的故事，也是最平常最基本的故事吧，张爱玲《留情》的主角姓米。与其说它说的是爱情，不如说是现实生活。

最近看黑泽明的《没有季节的小墟》，也有一段米的故事。小职员告诉同事过去怎样骗米："弄湿了饭锅，走去请人家称一些米，讲价后不买，把米倒回去。这样走多几爿米铺，就够一餐饭了。"后来他同事看见他被恶妻欺侮，替他不值，叫他把她赶走，他反而生气，要打他的同事了，他说："骗米那样的日子，也是她跟我一起挨过来的。她就算有诸般不是，他凭什么要我赶她走？"像米一样平凡，像米一样实在的一个故事。

（一九七六年一月）

火车站

　　火车站搬迁后，到旧车站去过一次。那是黄昏的时候，经过天星码头。那天下着微雨，灰灰湿湿的，在对岸，已经亮起一盏一盏灯光。我还以为可以走进旧车站去，在那空荡荡的大堂里坐坐；走到门前，才发觉锁起来了。一扇陈旧的铁闸，在闸的空隙中，不知怎的塞着许多旧报纸。皱成一团的旧报纸，里面是皱成一团的旧新闻。塞在锈黑的铁闸的灰缝。望过去，里面已经灰沉沉的，整个大堂没有人，只有微风吹起一两片纸屑。

　　但在里面，大堂左边，车站的办公室中，似乎还是有人的。那房间的灯亮着，给黑暗的大堂泻出一片灯光。里面隐约有人在说话，而在旁边，一个活动的广告牌子，还是照样机械地移上移下，移上，移下……

　　另一天，晴朗的天气，在红磡码头，走过新火车站去看看。想像中是康乐大厦或海运大厦那样的新款建筑，去到，却发觉差得远呢。

　　走一段天桥的路，进了火车站，还走一段通道。那么长，两边灰灰的，没有什么装饰，像在隧道中行走。最后转到新火车站的大堂，地方是大了，但却那么散乱。好像还未完成，还有待修饰。坐在火车站的餐室里，只见外面停车的地方，有许多未划分的空间，在车站的地方，又挤着太多人了。

　　旧的火车站，好像熟悉过分，再没有什么特别的感觉，新的火车站，又像陌生得还未能习惯，跟我们隔着一段距离。旧的东西，在时间中烂熟；新的东西，未经时间洗礼，又是如此生涩。

（一九七六年一月）

花　生

　　我有时想：我们这群人就像花生漫画的人物，是那些不知天高地厚、煞有介事地做事情的小不点。像漫画的几个主角，整天吵闹不休，吵过了又没事；一天到晚觉得被别人气死，大喊"老天"（Good Greif）！等到走出外面，遇见别的人物，才会发现世界凶险；我们自己之间可以开开气死人的玩笑，外面的世界却是根本连玩笑也不跟你开的。

　　看花生漫画，常在它的人物身上看见我们这群人的影子，不禁发出会心微笑。比如阿祥，就常像聪明狗那样说要去流浪；但他其实更像查理布朗，因为他的流浪变成笑柄，头发变成笑柄，不知怎的连提议冬令营也变成笑柄。他做什么都被我们取笑，正如查理布朗，这当然是善良可爱的一面，但有时也会像史诺皮，一下子翻脸无情，连礼物也要收回，像《聪明狗走天涯》那部电影那样，叫人啼笑皆非。

　　当然，这也不过是小孩子的赌气，我们最多也不过如此。都是情绪化的人物，好处是还会过后自我检讨，有点不好意思。花生漫画的薄荷柏蒂一往情深，死心塌地；这群人中的女子，却百分之九十是恶女露茜。大喊一声，几个查理布朗变作滚地葫芦。

至于我自己，我想是属于拉那斯那一型。整天守在田里，相信南瓜之神的出现，结果却连万圣节也睡过去了。拉那斯没有信心，常常要带一条毛毡；每当我被迫要跟印刷厂或发行之类联络时，我就常常想带一条毛毡，壮壮胆子。

（一九七五年十一月）

草地上的午餐

我们上到山上，天上下起毛毛雨来。（说或许会到山上来喝咖啡的朋友，敢情是不来了。说如果来就来吧，那意思即是说：不来了。）我们走进那圆形的大厦中，翻翻昂贵的毕加索版画，在超级市场买一包有威士忌的巧克力，走上走下，然后就说出去看雨停了没有吧。

雨没有停，这怎么可以走到山顶去呢。看来我们这些"行友"没有什么好行了。看来还是得到咖啡店坐下来。可是不知谁那么聪明，提议说刚才那商店中不是有油纸伞卖吗？于是我们就折回去一群人买了两把油纸伞，而既然买油纸伞又为什么不买面包呢，而既然买面包又为什么不买乳酪呢，而既然买了乳酪我们就决定撑着油纸伞到山顶野餐了。

（谁又猜到，这时不知上不上山来喝咖啡的朋友已经一家三口舒适地在咖啡室中喝咖啡而且刚才从玻璃窗看见了我们，而且这时正在对他的小小的儿子说：儿子呀，你长大了不要学他们那班"行友"那样随山乱跑呀！）

于是我们撑着小小的没有涂上花朵，所以最便宜也最美丽的油纸伞，向山顶走去。雨渐渐歇了，湿气却是重的，雾飘忽地隐没了一些山峰，远眺的时候，看见广阔的海洋连着天空，尽是灰茫茫的一片。

我们坐在那最高处，感觉四周的湿冷空茫，嘴里嚼的却是实在（或许有点韧吧！）的硬面包。如果再多一瓶红酒，那就很完美了。偶然有一阵微雨，便架起伞来，看草上带着水滴的白珠，远望青翠的树丛，再远是海，灰色的海上，一点点的船只，偶然一只鹰在山旁飞过。有人伸手指着远处，说着话时，在那远方，云层后透出亮光，照在海面上，在那儿，已经天晴了……

（而在这时，我们坐在咖啡室中的朋友正在对他的小儿子说：那群傻瓜，这时一定是在雨中滑倒了，雨天是不适宜爬山的，你记着爸爸的话。）

（一九七六年五月）

文字玫瑰花

文字真是可爱的东西,有时,也许因为它太可爱了,我们往往爱上文字,而忘记它是一个符号,指向一种意义,是一座桥梁,帮助沟通。有时,我们中有些人,爱上文字本身。

比如说:你或许是对星光没有什么感觉的,对原野和草原的印象很模糊,雨天漫步叫你着凉,面对夕阳的时候光是坐在那里打呵欠,而玫瑰花?不要提了,它使你敏感,喷嚏打个没停。

好了。等到你写文章的时候,你忽然觉得要来几两(或者几斤)诗意,你在草原上独自带着一朵玫瑰花,天上既下着雨又有夕阳,而且还有——一点一点的寒星,每一颗叫你想起一个患绝症的爱人。

不要以为伤感的文字才是好笑的。另一个极端也可以是一种征状。比如说:你说你极端厌恶小资产阶级的生活,你觉得父母兄弟的想法都反动,你拥护打起批判写实主义大旗的进步电影,因为它们有一定程度的积极意义。

用成套的别人的字汇,表面上是流露了感情、表达了政见。其实那些字汇只是一个壳,比什么还厚的壳,躲在后面,根本没表达什么。

崇拜字眼的结果，是把文字和感受分开、把文字和行动分开。等于选衣服。我今天喜欢的字汇衣服是"仁慈"，于是我连忙抢来穿上。我说：我这人没有什么好处，就是仁慈。老黄欠我十块钱，但他是个不仁慈的人，所以我开枪把他轰死，为民除害。我没有别的好处，就是仁慈。

又假如我今天喜欢的字眼是积极、慷慨、崇高、义气……我就说：唉，坦白说，我这人没有学到别的好处，就只是积极、慷慨、崇高、义气几点。我以前杀了几个人，都是因为他们做不到这几点。真是可惜！上帝保佑他们的灵魂！对字眼崇拜，可以把行动和文字分开到这样的地步。可爱的文字，往它背后一躲，什么责任都推得干干净净。可爱的文字，可怜的人。

（一九七六年十二月）

两层玻璃外的冬天

阴霾的天气。在纽约，还有大风雪呢！不知冻死了多少人。

老李要回纽约探亲，阿庄和我都在恐吓他：你知道，那是什么天气？到时跟老头子喝上两杯，倒在街头，不成了雪人了？

我们热心地提议：不如你去探访苏辛尼津，也许要经中央情报局，讨论写作技巧的问题；不如你去探访诺曼美勒，说：我是你的中译者，你的舞文弄墨，把我害得不浅。呀，还是你去探访亨利米勒——不，米勒应该在加州，或者其他有阳光的地方，正在打乒乓球，像《花花公子》刊出的照片显示的那样。

阴霾的天气，这么灰灰白白的一个中午，几个旧朋友，居然可以好好地坐在这里谈话，这样的机会，以后恐怕不多了。我们吃过了饭，又去喝咖啡。那些女孩子不让我们坐靠窗的位子，说：外面关了，今天太冷，你们还是坐在里面吧。我们始终弄不明白，外面的寒冷，怎会影响玻璃窗内的人。寒冷起来，许多事情是不明白的。然后阿庄走进来，说："隔着两层玻璃外面的冬天……"你看，不是说他会写诗吗。

说起来，事情可多了。温暖的咖啡之外，总有一个严寒的天气。我们不同意冬天，冬天也不见得同意我们。于是就总有那么多风雪和砂石，在每一个地方。只有朋友澄清你的疑虑，肯定你的坚持，补足你的欠缺。朋友在冬天的谣言的怒吼中，仍然清楚地听见你的声音。

总有那么多滑稽的事情，笑破了肚皮。这么多人挤在室内，大家各说各的。有时，到头来，你不得不提高声音，说一句话。

隔着两层玻璃，冬天永远在那里，幸而我们也仍在。说外面的寒冷不会影响室内？错了。每个人永远暴露在冬天最严苛的攻击中。所以总是记得温暖。即使在风雪的寒天，也有人千里迢迢地回去跟父母见一面。没有温暖又怎行？这么冷的天气，会冻死人的呢！

（一九七七年二月）

小巴的倒后镜

　　码头那个老人依旧在收集人们不要的旧报纸；又有一对年轻男女，分别派发硬卡，宣传教授外语的录音带，我没有接。有人接过，还不是扔在那边的垃圾箱里。若是旧报纸，倒还有人收集来再派用场。跳上一辆小巴。早上的小巴没有放工时分的小巴涨价那么厉害。在车头的座位，可以看得更多，听见的音乐更响亮。水拨没有削去一角屋宇，在市场附近，收音机却开始唱圣母颂。大片红红的牛肉。橙红色的圆橙。主妇挽着的一扎绿菜上有点黄花。圣母玛利亚。有人在修路有人在吃豆腐花。圣母玛利亚。我们所见的尽是片段。一曲柔和的歌颂把事物唱成完整。

　　小巴在兜圈子，那个主妇又走回来，绿菜中的一点黄花。她也在兜圈子，于是我的眼睛也在兜圈子，我但愿是 UFO 万能侠，一跳冲破地心吸力，走入新的轨迹。但是坦白说，每个人都在兜圈子，那天有个年轻人骂中年人在兜圈子，他们说得自己好像是不同的，好像自己是三一万能侠、蒙面超人，都尽是打破地心吸力的家伙。我不知道，如果他们在小巴的倒后镜里，看到自己的样子会有什么感想。人贵自知，这是小巴倒后镜的教训。想到这些事情，使我忍不住捧腹大笑，可惜小巴司机在我旁边，他看来心情不佳，诅咒了绿灯又诅咒红灯。我只好忍住笑。后来他在十字路口停车，往镜子里瞧了瞧，就没有再说话，只是静下心来，听一听圣母颂，我倒是开始有点尊敬他了。

坦白地说，车里的人还是在车里，兜圈子的时候还是大家一起兜圈子。也许每条道路都只通向一处，也许道路都不通，所以有人修路，有绿灯又有红灯。有人说车行得慢，司机愤然说："你下车行给我看看！"他也就噤声了。有个胖妇人在后座批评她朋友的女儿，我在倒后镜里看见她血红的嘴巴一开一合，配上节拍，我还以为她在唱圣母颂呢。

（一九七七年四月）

祈愿达摩

不要小觑这一个小小的红色的老头，这像一个皮球又像一副棒球手套一样的玩偶。据说你可以向它许愿的哩，朋友。在深红色的头颅上，脸孔四周画上金色的斑纹，那大概是胡子吧，在一横红线般的嘴旁，可又有一纹纹的黑须。脸孔是粉红色，而在眼睛该在的那儿，是两个空白的圆圈。据说，你可以许下一个愿望，然后给它的一只眼点睛。将来，等这个愿望实践以后，你就可以再给另一只眼点睛。

外面的天气又和暖过来。我喜欢转变中的天气，好像可以答允你许多愿望似的，窗外绿树的叶子泛出一点棕红，不是枯萎的棕色，是像祈愿达摩的脸孔那样的粉红色。不过我把点睛的权利让给别人，在这天气和暖过来的窗前，仍然低头工作。那一点点颜色是很吸引的，教人在停下来的时候，眼睛禁不住望出窗外去。但我可不大清楚是不是树叶由绿色变为粉红色，抑或那种树根本就是有这样锈色的叶子，我害怕把枯萎的棕色误当生长的微红。

工作的时候，有时又望这祈愿达摩一眼。现在它已经点上一只眼睛。小小的一个红色玩偶，大概是用硬纸塑的，在手里掂不出什么斤两，自然不会叫人以为它是神的化身了。

不过它确是可爱的，那么紧闭着嘴，嘴旁留着一横横猫须，而新点上的一颗圆眼，瞪视着前面，那么认真，那么紧张，即使你不当它是一回事，至少它也当自己是一回事。

　　有时在浪漫的狂想落空，夜晚的空言说尽以后，回来看看这祈愿达摩的样子，心里也有点好笑，它背负着人们的愿望、认真思索着人们的愿望，因此也弄成十分严肃的样子了。这一只眼的黑珠看着前面、另一只眼是空白一片的祈愿达摩，无疑也有它的烦恼和它的愿望吧。因为它是这么认真，因为它是这么人性化，即使没有实效，我也喜欢它的。

（一九七七年三月）

母 亲

　　肥大紫蓝色的茄子，像个好脾气胖妇人，躺在那儿睡着了。梦见旁边圆滚滚的红番茄；还有大大的苦瓜，像个满脸皱纹的老头儿，笑起来，满脸的皱纹都跟着笑，一点也不苦涩。

　　起先是母亲买了茄子回来做"鱼香茄子"，她说没见过那么肥胖的茄子，像一个人粗壮浑圆的胳臂，拿给我们看；又顺手把圆熟的红番茄放在碟边，再加上绿色的辣椒和苦瓜、黄色的玉蜀黍，像一盆花那样放在客厅里，这么多饱满的颜色，全放在一个碟上，看来叫人垂涎。

　　母亲喜欢花，往市场买菜，常常带回一束花，叫屋里忽然一下子明亮起来。平凡的日常生活里，总有不同开态的花朵，在屋子的角落生长。她又照顾盆栽，告诉我们花的生命。她长久料理它们，偶然来访的客人，或许只看到绿叶里挣出的一朵红花，或许只看到一片枯叶。

　　母亲的花朵不是为了客人，她喜欢屋子里有盛开的东西。她做事比谁都尽责、煮菜比谁都出色，她负起许多责任，料理那么多事情，实在是辛劳的。但她没有埋怨，还一直喜欢花朵。

童年的时候，常常不明白母亲为什么愿意吃亏，有时人家欺负她善良，她明知也不计较。我心里总是生气。但母亲不是软弱的人，她在最大的逆境中挨过来了，那种强韧的生命力，就这样是看不到的。现在我长大了，知道这里头有值得学习的地方。对人的善意和不计较，正是心如花朵的一面。

看过母亲年轻时的照片，相信她当时是灿烂的。我知道她年轻时演白话剧，看新文艺杂志和西洋电影。不过战乱以来的二三十年，在生活中一定失去了不少东西。经历那么多挫折，失去最心爱的事物，又挣扎那么多年，现在才好像站定下来透一口气；但经过这么多，她丝毫没有辛酸的怨气，还欣赏做饭时买来的平凡茄子明艳的容颜。

（一九七七年四月）

两个少女

今天报上同时刊出两个少女的死讯。一个是无法进入大学，悲愤自杀；一个是在公寓，遭人毙。

前者据说是个好学的学生，考中大入学试考得不错，却因学位不足被拒于门外。一面做事，一面再考，等了四年，还是没法入大学，愤而自杀，控诉香港的教育。

后者则与一青年男子同赴公寓，未几该男子表示女友服食了兴奋剂晕倒，致电报警，警察来到，发现女子陈尸房中，头际有瘀痕，相信遭人扼毙。

对于不清楚的详情，我们无法猜度，但这两件事，虽然都是特例，却又有普遍性在。从这例子中，我们看到两个处于香港这样的社会中的少女，对知识和爱情的追求，如何最后同样面对落空。

这些事，不可能纯是社会或个人的错，必然是两方面的，香港教育制度的畸形，已经不知有多少人说过了，但实际上却不见有任何改变。人们一面说不必读大学也可以活得快乐、也可以有其他出路；但另一方面，许多这样说的人，自己根本同样势利，夸耀的还是文凭。而且往往是同一学院、同一派系的，又得到许多方便。就出路来说，少数学院毕业，成了优差的保障。学额既少，许多人自然养成心理，以为非争取到不可。认为考不到大学就要自杀，固然只是个人的虚幻想法，但无疑亦是由于一般社会风气而形成的偏执之见，正如遭人扼死的少女，既是个人悲剧，也与社会风气有关一样。

香港是个狭窄局促的地方，尤其对于开始成长的青年来说，更往往感到没有出路、无所归依。除了实际的现实出路外，更希望抓着一点什么，那一点什么，或许是知识，或许是爱情，每个人都感觉那就是心理的出路，那一点什么，会改变他们狭隘的现实，局限的生活。不幸的是，这寻求可能真实亦可能虚幻，不慎掉到更深的泥沼中，而现实还不曾改变。

（一九七七年四月）

一团面粉

孩子手中把玩着一点什么。灰白色的。他用两只手搓它。
"是什么?"大人问。
"先生给的。先生给我们玩的。"
大人接过来一看,说:"原来是面粉!"
"面粉!"孩子跟着说。
"面粉有什么奇怪,家里也有呀。"大人说。
孩子没有说什么,专心地把手里的面粉搓成长长一团,把头尾接起来,又变成一个圆形,他把它贴到门上去,一边说:"是虫呀!"

他跑来跑去,又要把它贴到椅背,又要把它贴到墙上。掉到地上又再拾起来,搓扁了又再搓圆。现在这团灰白色的东西,成了一个圆环,当中是空心的,孩子就说:"是曲奇饼!"

大人做大人的事情,孩子玩孩子的,过了一会,他说:"你给我搓一头狗好吗?"

搓了一个身体,又搓了四只脚,孩子就汪汪地吠叫起来了。

"你给我搓一个爸爸。"

于是大人便从那团面粉中，拉出手脚和头颅来。

"怎么没有眼睛的?"

于是便用关上了的原子笔端，印上三个小圆圈：两个是眼睛，一个是鼻子。

"怎么没有嘴巴的?"

于是便用锵刀画了一道弧线。孩子满意了，笑嘻嘻地看着：居然可以从一团灰色的面粉里，搓出一个人来。他这里那里的，修饰一下。

过了一会，他拿来一把戒尺，把这面粉人切成一截一截。

"怎么? 你切掉爸爸了?"

"不是，我在切猪肉呀。"他说。把这些现在是猪肉的东西，放进他的小锅子里。

（一九七七年九月）

给画拍照

阳光时强时弱，有时把一幅土地照得发亮，有时又带来一片阴暗。

我们找寻一幅理想的空地，给画拍照。避开阳光的暴虐反复，避开车辆和人群来往的骚扰。那些几十年前的画册，自有它们的光度。摊开它，有些保存得很好，有些已经发黄，有些带着霉斑，有些带着皱纹或是小小的破损，日影移过来的明暗。那么陈旧的画页，摊在水泥地上，叫人以为是刚从地层下挖出来的，出土文物。

我帮忙移好照相机、拉长脚架、挪正画册、翻过画页。从早晨到中午，天气渐渐转热，叫人冒汗，脱去衣服。我蹲在那里，移动一个按钮，感到有点荒谬：怎么无端做这么一件不相干的差事。可是，那些画，确是需要拍照。画是美丽的，转瞬即逝，有人"咔嚓"一声，把这偶然有机会看到的古老美好的东西，保存下来。我一张一张翻过画页，笨拙又谨慎，也许手有点颤栗。它们那么古老难得，又是那么脆弱，仿佛一不小心，就会把它撕破、把它弄皱，弄成无可挽救的错误。

光线转变，我们不断测量光度，移动脚架、避开移近来的日光。我们打开一包画,又包好另一本。我缓缓地翻过一页。呵,这回算是开了眼界。因为政治的干预、权威的偏见,好好的山水花鸟也一直不见天日。要等到我们一张张翻开,我们缓慢又迅速地翻过去,"咔嚓"一声,拍成照片。时间没有很多,不容你在那些风景中流连。手依依不舍地翻过去。但也不要紧,只要拍成照片,将来就可以有更多人看到、更仔细地翻看。

浑身都是汗了,而时间又赶着呢。不要紧,只要那些画是好的。它们或许在阴凉的地方呆了几十年,现在我们带它们来阳光下做运动,舒活筋骨、呼吸空气,让它认识更多朋友。只要让它活过来,那我即使傻瓜般蹲在这里做一个学徒也很高兴了。

(一九七七年六月)

晒太阳的方法

冷气船舱里坐满了人，我们索性推开门，坐到甲板上去。头上一横阴影，可以坐在那下面看书，但当渡轮开行，阴影缓缓收敛，我们正是暴露在日光之下，最好就是晒太阳了。

身上还带着盐渍和沙渍。刚才游泳完毕，跑去冲身，才发觉制水刚刚开始。现在索性脱去外衣，让爽快的阳光，冲洗全身。不是炙热，并不难抵，温和的烘照，加上海风，是舒适的。

甲板上不一会就聚了很多人，大家都在晒太阳。同是一艘渡轮上的乘客，但各有不同的晒太阳的方法。我最先注意到对面一个少年，他也是脱去外衣，还仰高了脸，好像要争取吸尽每一份阳光；在他旁边，一个中年的外国妇人，肤色像熟透的红色果物，一看就知道是已经吸收充分的阳光。她坐在那儿，有时跟旁边的少年说一两句笑，没有特别留意太阳。

几个嘻嘻哈哈的小女孩，站在船尾的尖端，向我们这边笑。原来是对着我们背后的玻璃门，看反映中的自己，靠着玻璃的反映比高。

又有人推开玻璃门出来，是一个穿灰色细格裤子的中年人，他走出来，这边那边看看，抬头看一眼阳光，又退回冷气房去了。又有几个人走出来，趁阳光还在，拍一个照。在少年的对面，船尾的另一边，又一个外国妇人带着孩子。孩子坐在婴儿车里，母子一起晒太阳。母亲的态度闲适，婴儿不时挥动小小的手臂。

　　在她们母子身旁，另有一位少女坐在折椅上。她身着密实的白裙，双脚却是暗灰色。那是因为她穿了丝袜。她弯下身，正在拨弄鞋子，过了一会，才看见她原来是解了鞋扣，让双腿舒适一下。这双灰暗的腿，像两头臃肿而犹豫的野兽，试探地爬上前面低低的铁栏，举起头，笨拙地转动，初次尝到阳光的滋味。

（一九七七年七月）

民新街

　　早晨的阳光淡淡的、暖暖的。在我们街口，又看见那卖水果的老人、修理水喉的老人。他们各坐在街口的两旁，好像是这小街的守护神。街道很短，只有几幢大厦，而且街道只有一个入口，他们坐在那儿，几乎认得全街的人了。卖水果的老人，穿一件短袖的白内衣，背一个盛钱的蓝布袋，坐在水果箱上，跟我们招呼。有时母亲前一天买了西瓜，他遇见我们就会问："昨天的西瓜甜吗？"那个修水喉的老伯，一次一次为我们修好脆弱现代的胶制抽水器，有时是小毛病，他很快弄好，就搓着两手，摇头不肯收钱，退出门外去了。

　　我们街道这边是杂货店，还有新开的汽车修理铺和一片废纸行，在对面，修水喉的老伯那边的街道，是一列廉租屋。街口那幢最近拆卸，包起布幅和竹席的棚子，黄色的机器车开进去，把地面挖成一个个窟洞。在大厦外面地上堆满了泥和木板，又搭起临时的行人道。那老伯也迫得搬了位置。如果继续拆，不晓得他会搬到哪里去。

　　在街尾的地方，是一个小小的垃圾站。再后面，一条泊车的小巷，然后就是山边了。风吹起来，山上绿色的竹树都沙沙作响，给人清凉的感觉。青山和垃圾，最美丽和最丑陋的，都全在这里了。

早晨的时候，鸟儿吱吱鸣叫。新开的车行和纸行带来了更多的声音。洗汽车的妇人在大声说话，有时有个车主高叫起来，说人家故意弄坏他的车。从窗子可以看见这些车辆，静静泊在这儿，一辆黄车的车顶有丛丛叶影，旁边一个人不知咯咯地在敲什么。在晚上可以看见驶进来的车灯一闪一闪。有个晚上，下面人声嘈杂，原来是警察在那儿搜白粉。车主、警察和闲人吵作一团。那晚的月亮又圆又白，映在玻璃窗上。记不起是不是十五。在早晨的时候走过，可以看见车位都空了。人们都去了工作，只留下一条静静的街道，仍有人咯咯地敲着一点什么。

我们从街尾转入屋村的后门，那儿有一幅空地，是散步的好地方。一幢一幢大厦和停泊的汽车之间，有花园般的空地。在一张石凳上，一位朋友和她儿子正在晒太阳。她就住在这儿。儿子八个月大，看起来挺健康。他胖胖的，常常笑；膝盖那儿好像有两个酒窝，也像在笑。她在石凳上铺了一幅白布，让他爬来爬去。她说每天早上带他出来晒太阳，玩一小时左右，然后回去给他洗澡。

这孩子动个不停。过一会，他又用双手双脚支着身体，好像在那里做掌上压。他看来健康又快乐，一看就知道是在充分的照料和爱护之下长大的。这屋村倒是有这个好处，有孩子游玩和晒太阳的空地。

不过，我们的朋友说，这儿的屋宇将会逐渐拆去。街首那幢先拆，建成更高的大厦。然后她们住的街尾那幢，就会拆了。孩子踏在石凳的白布上，身上健康的皮肤反映着阳光的颜色。在他背后，街头那幢大厦蒙着阴郁的屏障，不知要建成怎样的新厦。

大厦间的空间更狭窄了。据说，这儿原来都是游玩的空地，但逐渐的，许多空地都划成车位。在挤迫的汽车占去的地方之间，这母亲和孩子悠闲地在石凳上坐一个早晨，晒这还未被挡去的暖暖的阳光。

我们散步回来，经过街头，看见围满木板的建筑地盘外，那位修理水喉的守护神已经不在了。街道一半安宁、一半肮脏。街尾我们朋友住的那幢楼宇，仍是安安静静的闭着门。过去她姊姊和姊夫在的时候，住在地下，我们常常过去玩，甚至搬了张凳子过去坐在门前叫门。有一次，他们开了罐头豆豉鲮鱼，在面摊那儿买了碟油菜，捧上来我们家吃宵夜。面摊好像已许久没有开档了。近山边那儿，有人搭了木板，不要连青山也拆去了吧？

（一九七七年七月）

清凉的天气

今天是周末，下午无事在中环乱逛，在"艺川"门前，看到《欧洲版画展》的海报，便跑上去看看。展出的版画不很多，但很高兴看到有芬尼、阿普诸人的作品在内。

里安娜·芬尼的画有四五张，多是人像，颜色纤丽、敏感。我喜欢其中的《妇人》和《猫》。芬尼是阿根廷女画家，在意大利作画成名，她的画我们一向看得不多。有位外国画家说过："她的绘画使人晕眩。"晕眩？也许不至于。那是一种明明是现实而又隐伏着敏感的影子使它看来像是不真实的感觉。

阿普的画刚好相反。鲜明、大胆、天真，像一个口快舌快的人，有什么说什么，一副童言无忌的样子。画面上毫无阴影，是一个没有过去的现代人，那种明净是健康而愉快的。记得以前看过一部短片，拍的就是阿普。他是个胖子，费力地涂抹，他的环境灰黯，周围生活刻板。但当我们看到他的画作，颜色却那么鲜明快活。像这次看到的几幅：粉红色鼻子的猫儿、红尾巴的动物。创造者从灰黯的现实中，挽救出一头一头红鼻子红尾巴的梦想。同时展出的还有十多二十位画家，有几张毕飞的，一张阿里真斯基的，此外还有真森的几张。

* * *

走在街道上，有点凉意了，电灯杆上的标贴，在风中掀起一角晃呀晃的，拍动着。风吹来。或者没有风。但从空气中你也可以感到有些什么是转变了。肌肤的感觉是最真实的感觉。感觉转变中的清凉的天气。

* * *

在书店中，翻了又翻，终于决定买下尚·路易·巴侯的回忆录。我一直记着他的《天堂的小孩》，他不仅是演员，也是法国的戏剧大师。一个从事戏剧工作的人，主要在舞台上表达自己，但他亦有需要用文字表达自己的时候。我喜欢看回忆录：舞蹈家、演员、作家或任何人的回忆录。应该有更多人写回忆录，写写他们的生命。当然，那未必是准确的。正如巴侯说："那些可以准确地说出他们的生命是怎样子的人是多聪明呀，事实上，我有我的感觉，你有你的。"不要紧，我们便看看别人的感觉吧。

决心开始看这本大书。

* * *

中环的街道很热闹，"德协"上边却是静悄悄的。只有一个老妇人坐在中间那排椅上，后面传来小提琴的声音。

墙上是正在展览的嘉莲·菲腊丝的作品。一些很平凡、甚至呆滞的动物画像，没有生气，也看不到作者的个性。一些很精细的插图，却不是好画。

一只只呆鸟在墙上瞪着我。背后人进人出。那扇门打开，有人进去，停了的小提琴声又再响起来。那扇门后面是些什么呢？

* * *

风更猛。原来已经刮起三号风球了。报上说：台风距港三百里，明晚在港南掠过。报上又说：英国大选工党获胜。罗马拘捕两空军将领。北爱足球健将街头遭枪击毙命。伦敦两俱乐部炸弹爆炸。

* * *

在工厂大厦附近，拱门下那幅空地的修路工作已经接近尾声了。他们也许是铺设电线或者什么的，一连几天都在这里工作；现在路面又再恢复平坦，他们正坐在矮凳上休息。木堆造成的小几上放着一堆花生，还有一瓶酒，两个黑衣的老妇人正悠闲地坐在那里吃花生。她们身旁不远的地方有一堆红砖，砌成一个临时的炉子，几天来用来烧沥青，现在上面放个水壶，正在烧开水。地面散置着杂物、废纸、木块，乱纷纷的，但路已经修好，人们就安坐在中央。走过时可以感到那种工作完成后休息的轻松。

* * *

傍晚时在家中搬东西，把柜和床搬来搬去，把书籍搬上搬下。搬来几天，还未有机会整理，一切都是乱纷纷的，现在就是设法从这纷乱中整理出一个秩序来。

有人来安装光管。是一个少年。他随身带着自己的工具，沉默地工作，我喜欢看别人怎样做工作。要换一个"火牛"，要安一个电掣，这花去他很多时间。他的工具和电线散了满地，他用电钻，他牵起电线，他拿起光管。好了，最后一切都妥当了。于是他便按电掣，"啪"的一声。但是——没有，没有光！他皱起眉头，检查一番。最后他肯定是新的光管有毛病。于是他跑下去换另一支光管。果然，这次光管亮了。证明只是这支光管有毛病，不是他的手艺有毛病。光管亮了，他很高兴。我也很高兴。

* * *

晚上我们到对街 L 家中看电视，兼看她做丝印。我们带了涂漆时借用的凳子，准备物归原主。门铃坏了，我们就坐在凳上，在门前大叫大嚷。

* * *

在电视上看的是丹美的《模特儿商店》。很凑巧，这电影的主角也是一个建造者。他是一个青年建筑师。一方面，他希望建造一些美好的东西；另一方面，他不耐烦沉闷琐碎的日常工作而辞职不干。是的，梦丰富了现实，但梦也妨碍了现实。他借钱来付买车的欠债，但在途中，为了拍摄他的梦想却花去这笔钱。梦妨碍了现实，但梦也是在面对现实时的慰藉。这是矛盾。梦与现实如何结合呢？每个人都有梦想。但实践这梦时的毅力，那种一步一步做下去的耐性，却就难了。这不仅是片中的美国青年，也是一切人脆弱的一面。

一个从事建筑的人的故事可以是一个好题材，虽然这电影处理得并不特别精彩。我们都说要建造美好的东西，但我们有耐性从基本的东西做起吗？从一块砖，从设计水管修理光管这样琐碎呆板的工作开始？抑或我们只是追求一些脆弱而美丽的泡泡？当然，建造是重要。相对于战争、毁灭、暴力，只有创造的力量可以抗衡。"有什么是美丽的呢？"片中的主角说："除了生命，或许便只有生命的微弱反映，如书本、绘画、音乐……"但这些东西，都不是一朝一夕建成的。像一所屋宇，由一块砖一块砖砌成。

电视上预告：坚尼夫·奇勒的《文明》片集。

* * *

L 做丝印。用剪刀剪，用钉枪钉，用熨头熨，用手去擦。在地上，在纸堆间，在桌上。我喜欢看别人工作，这就像看一个木匠如何做一张台子。从简陋或杂乱的背景中，创造出一点什么来。

印了一个颜色的画挂在绳子上晾干，一片片清凉的绿色。

* * *

深夜回家，窗外只见一片黑暗。山边的竹和树在风中摆动，发出簌簌的声音。我们看不见树木，但可以感觉到它的栗动。

一日所见的种种平凡琐碎的事情之间仿佛有一种联系，仿佛也有一些意思等你去发现。我们经过这件或那件事情，犹如倾听黑暗中的声音，感觉一丛树的震动。并且，我们想到：那是风。

*　*　*

  周日原定去看十时半的《三月情花开》，醒来已是十一时了。风势不晓得怎样，不像已经刮起八号风球，但也比平时强烈。附近一个建屋的竹棚，在风中显得脆弱，像一个穿不够衣服的人在打寒噤。微风使人感觉清凉，但烈风也有破坏的力量。有许多竹篾已经吹掉了，有些甚至吹进窗子来。有一大块在空中飘浮了一会，然后才掉到街道下面去。

  街上一直有几个青年在抹一辆车，在这样的天气中用车做什么？不久也就揭晓了：他们抹好车以后，再在上面缀上花球、系上彩带……

  走到街上去。走过空旷的地方，风迎面扑来，好像要阻人前进。一些铁招牌在风中摆动，发出嘎嘎的声音。不过台风并没有来。并没有刮起八号风球。报上说有些街道水淹了。回来的时候经过修路的地方，木块和石块都已清除，留下平坦的路面，新修过的地方比较白，带点浅灰，很干净的样子。一阵风吹来，又是清凉的天气……

（一九七四年十月）

夜

"……回来患了大伤风,桌上堆了大叠报纸和信。找草纸与拭鼻涕之余,惊觉一个夏天又溜走了,什么也没做好。波士打电话来,说要我连上三星期的全工,妹夫一月后到访,看来做作家真不容易,做业余作家便更难了……"

已经是夜深了,偶然可以看见黑暗中闪过白色灯蛾的羽翼;在远处,在纷杂的霓虹灯剩余的脂粉之上,偶然闪亮的不知是一颗星星还是一个陈旧的灯泡。

我还没有睡,读着另一位朋友的来信,来自另一个地方:

"我每晨六时许起床,要一个钟头车程才回到打工的地方。即是每天来回两小时在车上,而每日回到住所已是下午六时以后了。疲倦,是真的疲倦。也不知是由于打工耗了精力,还是尚有其他潜藏而自己不觉的原因,我疲倦得很得很。"

拿起笔来,想写点什么,又放下了。有时也想:这是不是一种浪费?有没有一种更适合的生活?我不知道答案。

另一封信,另一个朋友,在又另一个洲上:

"前两天我去看亨利摩亚的个展,这个有着惊人的魄力、能够掌握这么多事物的人,他每天还是八时起床,早餐后工作,我们还说什么才气不才气。这次绘图进行中,除了觉得自己在思想上、技术上有进步之外,我还是有我的恐惧,每次完成一张画之后,不知道如何接着画下去,维持是困难,也怀疑自己的能力。有时我会对自己说,我曾经做过这些事吗?这些好的事,这些坏的事,我真的做过了吗?还是那只是又一次的幻觉,只是暂时的东西,明天起来,又会感到厌恶?"

我仿佛看见,有许多不同的地方,深夜不同的窗前,正有人不甘心睡下去,犹豫着,想做一点什么……

(一九七七年九月)

钱　币

贝壳是美丽的，钱币就差一截了。香港的一元硬币跟二元和五元差不多，新的五角又容易当作一角。口袋里重甸甸的一大把，叫人宁愿带贝壳上街去，青螺和黄沙蚬的壳，至少分得明白一点。

而且所有钱币，照例一个大头，你说呆板不呆板？希腊公元前六世纪开始筹造钱币，居然已经款式优美、种类多变；公元二十世纪的人，反而懒惰退化。中国古代的钱币，大有气派；现在的人，从钱孔里看事看得久了，设计出来的东西，变得小家子气。

原来希腊钱币除了有好大喜功的领袖的头像，也有神像、动物、植物和用器的造像。神像么？除了战神和宇宙之神宙斯，也崇拜阿波罗和雅典娜，音乐之神和智慧之神。到了今天，人们崇拜的神，就只有那片金属本身了。希腊人在钱币上刻有动物和植物、飞马、海豚、狮子、猫头鹰、牛、鹰、葡萄和麦穗，他们尊重这些人类的伴侣、人类的生产，对万物有一种友爱和善的态度。他们尊敬猫头鹰，不是为了秋凉进补，是因为它代表智慧。简言之，他们是尊重智慧的，今天却喜欢卖弄小聪明。希腊人又会在钱币上刻上陶器等用具。

对所利用的器具、使用的物品，也有一份敬重欢喜；现在的人，对利用过的事物也显得凉薄寡情，甚至但求目的，对利用的手段也无所计较了。

美观的钱币使人喜爱，香港人虽然大家同样"发钱寒"，却连钱币也没法喜爱。在新币上往往涂上五元或五角的注明，以防混淆，铸成的钱币甚至失去实用的意义。大家对新币憎厌多于爱好，接过别人递来的新五角，大家恐防自己无意中当一角用去，心里总有点惴惴不安。一个对使用的钱币感到憎厌的社会，反映了什么心理？

（一九七七年九月）

雨

忽然一阵急雨，愈下愈大。路上的行人一下子稀少了，山边的竹树，在暴烈的敲击下显得如此荏弱，摆过来又摆过去。空中的密雨，像泼水一样。

"……不知有没有带伞。"

"这么大风大雨，一定是刮起了风球吧！前几天好像说起有风暴的消息。"

"开电视看看……"

是早上的粤语长片。黑白的画面。没有声音传出来。不打算把它扭响。所以只是一个任剑辉正在戏弄几个围坐吃东西的人，不知他在说什么？没有风暴的讯号。望出窗外，风雨正剧，要过一会才可以上街去了。

想记下一点什么，零零碎碎的笔记，都是为了将来要写的一个故事，愈想愈开心，都是将来的计划、未实行的事情；此刻，却是空白一片，没有什么剩下给现在。而将来呢？要仔细计划，不宜现在开始。

眼睛来回于窗内的电视和窗外的雨景之间。等着看的风球讯号没有出现，等着它停的雨没有停。逐渐，眼睛不自觉地停在电视画面上，看任剑辉进了囚狱，张大嘴巴，不知在唱什么？也许关于他的功名，也许关于他的爱情，也许关于他的难以言明的想望。反正没有声音，那些没说出口的话，隐没在四方型的机器的背后了。

在琐碎的此刻与期望较为完美的将来之间，就这样，眼睛不自觉地落到一节粤语片的画面上去。猛然醒起，已经浪费了一段时间。看出外面去，雨还未停呢。等雨停了，我就……

（一九七七年十月）

彩虹的胜利

云辛蒂·艾历山大（Vicente Aleixandre），一向不是个轰动的名字。

《聂鲁达回忆录》里提到他三次，每次都是夹在其他几位西班牙诗人名字的中间，像群众中的一张脸孔。一九二几年的西班牙，有一大群写诗写得好的年轻人，像迦西亚·洛卡、阿拔提、沙连那斯、居岸、撒努达、汉那杜斯、嘉沙奴华……艾历山大是其中之一。他们有许多都是聂鲁达的朋友，他们几乎每天见面，在这人或那人家里，在咖啡店，喝酒，吃东西，唱歌，写诗。后来，他们办了一份刊物，叫做《绿马》。有人说："为什么叫绿马，叫红马才对呀！"

他们的刊物并没有改名。聂鲁达说："这世上尽有空间，可以容纳彩虹那么多种不同颜色的马匹和诗人的。"而艾历山大，便是当时西班牙诗坛彩虹中的一色。聂鲁达说他的诗，有"广大的幅度"。

但西班牙的彩虹后来暗哑了。西班牙内战后，诗人死的死，流亡的流亡，噤声的噤声。正如聂鲁达在《解释几件事情》中说："直至有一个早晨一切全燃烧起来了……自从那时开始，只有火……"

从那时开始，本来可以有各种颜色的诗，变成只可以有一个颜色，火的颜色。

但时代是会改变的。艾历山大他们所反对的佛朗哥逝世了。一九二几年那一代的西班牙诗人，再度为人承认。这个星期，艾历山大获得本届诺贝尔文学奖，我们不妨视之为彩虹的胜利、温柔偶然淹过暴力的一次胜利。他有诗写一个赤裸的少女说：

这赤裸不是像一场焚尽草原的大火，

也不是像惊人的撒落的余烬，预言了飞灰。

你只是在这里，那么安静，早晨的樱草里。

那最清新的，在一口气中变成完美。

他的诗也是如此。

（一九七七年十月）

圣诞卡

"怎么没有一张适合的卡?"这人说着,便把手中的圣诞卡放下了。

店里满是圣诞的气氛,彩色的绸带在四边挂起来,金粉的大钟吊在中央,在角落里还有圣诞树,吊着许多小小的天使,她们都有翅膀,正在那儿向人报佳音。

在这些哑默的天使旁边,另一个人说:"你嫌那颜色吗?"

"不是,说的话都不大适合。"

他拿起一张来,翻开它:"'祝你圣诞快乐',好像太普通了!又比如这一张:'圣诞新年快乐';又比如:'祝你快乐';这不都是好像没有什么特别吗?"

"你想要怎样写的?"

"我也不知道,想特别一点,适合一点的。"

"那看这张怎样?"

"唔……'给我最好的朋友……''没有一天不想着你'……呀,这又好像太亲昵了。"

"不是朋友吗?"

"是的,但这样说又好像太夸张了。"

"我不同意——哪,这些怎样?"

"'甜心''某一个特别的心上人',喂,未免太戏剧化吧?"

"那要这张吧!'怀念你也希望你圣诞新年快乐'?"

"这又好像太公事公办了!"

"你这人,太麻烦了。还是不要寄什么卡吧!"

"我只是想在字眼上要求准确罢了。"

在这爿卖卡的店中,在中央那喧哗俗套的吊钟绸带和角落那些没有说话的天使旁边,这人继续找寻下去了。

(一九七七年十二月)

赤　柱

我们沿石级走上马路，袁跟商店里的人招呼，他说："离开这么多年，这里的人还认识呢！"走在马路上，郑指着那边一幢白色的房子说："摩啰屋还是在那里！"

他们离开香港六七年了。郑在台湾毕业后，已在美国读完书，今年回港教书。袁读的是药剂，现在美国工作，这次突然回来，是因为爸爸生病，我们见到他爸爸，现在看起来好多了。过去大家通信，现在突然几个人才有机会一起在香港见面。

他们都是圣士提反的旧生；走回旧校，却发觉草地旁的横门锁住了。"过去是没有锁的呢！"幸而有一个女孩子出来，我们乘机从那儿进去，沿着草地，走上山坡。

校舍有些地方跟过去一样，有些地方又添了新的建筑。这就像香港一样，有许多事情仍然不变，有些又改变了。我们谈到文艺的刊物，保守的作品和风气。我们在谈，我们可以做些什么。

沿着一道幽静的小径，我们走往坟场那边。过去，沿着这道小径，可以抵达坟场，一大片绿油油的草地，秀美的风景。但现在，当我们走近，发觉又安上铁栏，锁上了，没法通行。"总可以有方法的!"我们谈一些困难,我们谈一些可能,我们谈绿草地和山坡,我们谈到会有的铁丝网和生锈的锁。

转过来,沿树丛间的小路走出去。走了一半,才发觉路的尽头那儿也是一道铁丝网,只好转过头来。又拦住了,是的,不过,不要紧,总有方法的。

几年不见,郑的看法更稳实,正在指出各种可能的麻烦。而袁呢?兴致勃勃的,又打算作各种尝试。我们边谈边走,从前门出来,对前面的铁丝网和守卫摇摇头,又走回宽敞的马路去。

(一九七七年八月)

早上的事

暑假结束以前，一连几个星期玩昏了头，现在可得清理堆积的工作。这是活该。黎明四时，不知是打算睡觉还是起床，既然躺在那儿担心，不如把心一横起来，到厨房里冲了满满的一大杯咖啡，蛮像一回事似的。还想到了今天的格言：与其睡不安稳，不如起床做事，这也蛮像一句金句的。

黎明窗外亮起来的感觉，是一种不错的感觉，而那种白嘛，形容起来颇费笔墨，不如且在这里打住。而当我到了街上，阳光也已经照到了街上。街道中央有一道水流，斜斜地分流向行人道，那道潺潺的水流，也有了阳光在上面。

而即使建筑地盘呢？没人照顾，也在废木堆中长出一朵小花来了。总之这世界还是继续下去的。我们每个人以自己奇怪的方式做好自己的事。偶然有阳光照到你头上，偶然你会打喷嚏。

工作归工作，玩还是要玩的。大清早在路上碰到一个人，他由头至脚把我打量了一遍，看我拿着那么多东西，颇不以为然地问：

"你到哪儿去？"

"现在，去谈一份工作。"

"拿着一个营、一盘排骨和一盘猪手?"

"……"

"你一定是见工教家政的了!"

与其费神解释,不如下车做事。叮叮当当的电车继续驶前去,带着每一个人的忠诚合作、司机售票员和乘客的互相体谅。我乖乖地走斑马线,听交通灯的话办事,又照付了渡轮公司无理偷偷增加的票价。只是在跳板上的时候,我忍不住想:我这样体谅机器,机器也会同样体谅我吗?清风哗笑着在我头顶经过。

(一九七七年九月)

电视上的车声

赛车在跑道上游走，发出呜呜的声音，好像是一声呻吟。黑色的轮子转动，碾着道路的脊骨，然后就有那微弱的呻吟，哼哼唧唧的，来自一个气若游丝的躯体。荧光幕闪着奇异的绿光。品质优良的手表。驰誉世界。值得你的信赖。汽车的轮胎不值得你的信赖。黑色的道路上只剩下汽车的尸骸。赛车的浪漫接到现实车祸的残酷。连声音也没有，连呻吟也没有。

未来二十四小时内，会吹和缓的东南风，汽车又出现在荧光幕上，这一次去追捕贼人。红色的灯光闪闪，危险在空气里，汽车转弯时尖叫，跳过下陷的空地，冲入货仓。汽车是现代人心中最坚硬的一部分，汽车是现代人最硬的一颗心，那么砰砰嘭嘭的，碰到这里碰到那里，碰到全世界的东西，但也不损分毫，碰撞一切而又可以没有感觉的。荧光幕的光线闪闪，在黄色的地方出现红色，在嫣红的脸上出现惨绿。机器永远在准确性上创造新纪录。打破一切纪录，最不准确的纪录，最容易损坏的纪录。在我们的指头下变幻，彩色变成黑白，无线变成丽的。电视是有生命的。它在天气不好的时候会自动转台。

那辆车又来了。铲泥车、货车、小型公共汽车、装甲车、军车、灵柩车。电视上的汽车之梦。横冲直撞，充满了轮子的、尖叫的、死亡的，把你带入死亡弯角，把你带上天堂，把你带到虚无飘渺的成功境地，把你带入空虚又空虚的、没有感觉的一角。砰的一声，电视机中尽是汽车，那壳中的壳。

把它敲烂，把它踏碎！有谁统计过，每天电视上平均毁坏多少辆车？你举手，你放下手。在这刹那之间，汽车呻吟，汽车爆炸，汽车暴躁地大发脾气，汽车把一切弄得凌乱。

把一切丢弃。这贪新的一代从荧光幕中，冲入你的家庭。

（一九七八年五月）

旧书新果

阳光照进屋里，把盆栽的叶子照成透明，又照亮了地板的一角。我把旧书搬出来晒，让发黄的书页，也吸收一些现在的阳光。

手上还留着石榴的气味。当你吃过石榴，洗了手，那气味还是留下来。像是花的气味。那绿色中的乳白，看来硬硬的果皮里面的柔软的心。石榴是笨拙的，看来像一块石头，里面的心肠却软得一塌糊涂。它又那么长情，气味一直跟着人，恋恋不舍。

阳光也跟着人，它起先伏在窗框旁，后来又蜷伏到人的脚旁。对那些闭起的书本，还不断用鼻子去嗅它。发黄的书本不愿暴露自己，它好像有病，或者是瞌睡，或者自卑，或者孤僻，所以紧紧地把自己关起来，交抱着双手，不愿跟人打个招呼。但阳光却不嫌弃它，也不计较；当我一打开它，阳光又温柔地把千千百百的微尘拥在怀里。

微尘的这儿，刚才放着红红的果子。鲜红色李子，枣红色的樱桃。在阳光里，这些红红的脸庞，有健康的美。李子有鹅黄色的心，它的汁液清凉。叫你的牙发酸，又用甜来安慰你。它结结实实，又有弹性，脸上有酒窝，里面的丝丝缕缕，是笑纹，藏在人的牙缝里，叫人也忍不住笑。樱桃更软更熟，颜色更深了，仿佛隔着果皮，就可以滴出汁液。柔软的果肉，在嘴里更甜。夏天的太阳照着它们，像一只手把它们托起。

现在空气中，还留下这些果实的气味。但晒在阳光里的，却只是一些灰色黄色的书。有灰尘，又带点阴郁。我把它们翻开，让它们多晒阳光，又用洗干净而仍带着石榴气味的手去抚摸它们，想它们也有果实的芬芳。我把它们像果子那样翻来翻去，放在阳光下晒，我想它们的书页晒成果实的颜色、果实的柔软，又像果实一般美味。

（一九七八年七月）

山　水

风中的营

年初二，居然跑到高山上露营，真是疯了。

我们想在那幅草地当中搭起营幕的时候，一个路过的老伯说："这儿大风呀！"举头向两边一看，果然这儿是盆地中央，两面的风从高山缺口吹下来，正刮向我们。

于是便四处寻觅，想找寻一个更适当的地点。沿一级级梯地走下去，找到一幅有遮挡的低地了，但也找到满地的牛粪；找到傍山的空地了，但也找到山坟墓地。在学校附近有一个理想的地点，但却早已搭起两个营，如果我们也在那里睡下来，就跟睡在弥敦道上差不多。没有什么事情是十全十美的，既然我们不想跟牛粪、鬼魂或是收音机的嘈音在一起，就只好跟风在一起了。

于是又回到原来的地点，吃花生、喝酒、煮腊味饭，还炒蛋呢！营钉嵌到泥土里，绳子拉紧了，没有营棍，就去阿伯那里借一根粗树枝。尼龙或胶布，撑成暂时的建筑，是我们这一晚的居所，若说"总得有个巢才行"，这东西，就是我们的巢了。

在强风里，巢也会吹破呢。我们的巢却牢牢地钉在地上。当夜渐渐浓、风渐渐强，有人找来干瘪的树枝，生起火来。

我们围绕营火，也就不怕冷了。吃过了饭，又吃糖果，四周只见一片黑暗，偶然有村野的孩子走过，偶然一头狗走来，嗅嗅这里那里，又没入黑暗中。头上的星子，亮起来又隐没过去。我们拿着电筒在附近走走，一点光撑不开多少黑暗，那广大的黑暗又围拢过来。到最后，我们只有围着一点营火，这是我们唯一的光亮呀。

我们就在这火旁，吃东西、谈天说笑、吵架胡闹，偶然也创作胡诌的歌谣。我们守着这一点光，不让自己没入四周广漠空寂的黑暗中。夜深的时候，我们冲入帐幕，七个人挤在一个营里，有人的头让人砸了，有人的脚叫人扯了一把。真是挤得要命。不过，没有事情是完美的，当风在外面怒吼，而这是你在黑暗世界上唯一的营，你会珍惜枯枝的火光、吵闹的笑语。

（一九七七年二月）

天　梯

真没用！走到半山便累了，停下来，走不动了！

一直想来嶂上的，听人说起许多遍了。嶂上，多美丽的名字！有些人认识路，但未必会带我来；有些人想来，但未必认识路。于是，挑一个星期一，不是假期的日子，跟两个朋友一直寻路上来。一位朋友已经来过，算是识途老马了。

我们意气风发的，从西贡一直走到企岭下，再走到山脚（大概个把小时吧），也不休息一下，就沿着一级级的天梯，上山来了。

走到半山，就累得不得了。这时就只好自嘲一番：看你以后还敢不敢"牙擦"？还要说这条上山的羊肠小路不算什么天梯？还要以为一鼓作气可以上到山顶？不要吹牛皮了吧。刚才沿路走来，又说这里的风景如何，那里的风景如何，现在可乖乖的不吭声了。

朋友们先行，我倒是掉队了。于是又阿Q一番：想我六个月以前，在台湾每天行五六个小时，哪里把这样的一个小山放在眼内？于是又自我教训一番：学如逆水行舟，不进则退呵！于是又悲天悯人一番：我走过这条路，以后对人家没气力爬山一定会充满同情了。于是又奋发一番：从今天起，一定要多做运动,每星期至少要旅行一次!

事实是:不管你怎样说,山还是要爬的。

拖着自己走上一大半路,回望山下,看到蓝色的海和绿色的树,那确是美丽的。那不是概念中的想像,是实在的景色。我是那么疲累,腿都好像抬不动了。而我又不能装晕算数,像《疯狂大巴士》的助手那样。我只是听人说嶂上是一个美丽的地方,于是慕名而来,现在这样也好,至少我有一个真正的认识了。而我也只能一步步走上去,靠什么!靠自己的双腿呀!

于是又再举步,爬这长长的天梯。

(一九七七年二月)

蒲台岛

最近重游蒲台岛。蒲台岛,我以前只去过一次而已,我对它絮絮叨叨、呢呢喃喃,把它转化为幻象或是寓言,它一点也不介意。船靠岸了,天下起雨来。蒲台岛还是蒲台岛。我头上盖着报纸,足踏湿滑的小路,蒲台岛还是蒲台岛。它哪里理会我在这儿吹牛。

蒲台岛,我说到它的泥鰛粥、响螺、石、魔岩以及沿海飘浮的海苔。泥鰛粥还是依旧,旧船遮去了浮苔,其他的呢?天下着雨,我以为这天就是如此过去了。从狭隘的竹棚和屋子的破窗之间守候雨天。我以为这天就是如此过去了。伸出手去,却触及了晴朗。蒲台岛的天气,又跟我的先入为主开了个玩笑。

当我前行,我发觉风景转变。如果说没有看见上次看见的那些晒干的苔藻,那是因为今天阴雨。看前面,更多蓝色和绿色的屋子。深蓝和深绿的屋子,带着雨滴的潮湿,有一种春天的感觉。颜色潮湿欲滴,怎么我上回没有发觉。

我在响螺石下眺望海洋,有人在跳下巨石时战战兢兢;我上山时擦损了手,大家却发现了仙人掌丛的花朵。你得到,你失去,你感觉,你遗忘。你不会在同一条河里洗两次澡。

比较是没有意义的。游一个地方，每次有不同的发现、不同的感受。

这一次，上回在我脑中留下深刻印象的浮苔，所见不多了。但大家走着难行的路，以为一定会在半途折回，结果却说着再走远些、再走远些，竟走到上回没有到达的南角嘴。我真高兴我们去到那多风的山坳，那乱石滩上面对海洋的山坡。没有料到，一下子展开一幅新的景色。

至于魔岩呢？那些恶作剧的人涂上无聊的字句，又教另一些人在岩前围起铁栏。以前是自然的美景，现在却是涂鸦与栏栅，把人隔开，把自然隔开，把好的东西隔开。也幸而这只是风景的一部分。失去一块石头，得到一面海洋。我的记忆？我们说现实吧。我高兴我们沿路前行，终于比上一回走得更远。

（一九七七年三月）

鹿　颈

鹿颈再进去的绕丝溪听说很漂亮，我始终没去成。

鹿颈倒是去过，去过许多次了。自己去、和人家一起去的，都有。车子一转进去那儿，唤作白鹤林，但人家说那些黄昏飞来的鸟，不是白鹤。那一区地图上的地名，唤作万屋边，那儿也没有一万间屋。名字倒是很美的。

别的风景区，都是下了车，走一段路，才到了最美丽的地方。鹿颈却好像是下车的地方，和快到下车的地方，才是最漂亮的。

有一次一群人一起去，大家觉得就这样看看不够，想走深入点（也不记得想走到哪里去），于是就沿路前行。一直是平平坦坦的大路，有说有笑，好像很有希望的样子。不料走了许久，才发觉走不到那儿去。有辆汽车还停了下来，在我们身旁问路，我们却觉得，自己其实是走错路了。

于是又走回原来的地方，又再沿海边的路出发。可是出发了一次又一次，大概总是很疲倦的。于是大家就坐在石上，不想动了。我们跑到前面海湾，讨水回来大家喝。结果那天就留在石上。我们就走到那儿。

后来有人说，其实当时我们只要转过海湾，就会到达另一处风景美丽的地方了；后来又有人说，其实我们开始时不是走了冤枉路，就一定更有气力，走得更远了。前者预言未来，后者感叹过去；太像一则寓言，太归咎命运了。我只知道，实情是，大家走到石头那儿。

我有时也想，如果当时大家走下去会怎样呢？会遇到什么？当我想到鹿颈那名字的时候就不禁想：我们会看到鹿的颈背吗？

（一九七七年十月）

大自然的错误

我走过山边的时候，看见草丛动了一动，好像是微风吹折枯枝，掉在地上。看清楚，却看见一个灰色的蜿蜒的身体，蠕动着向相反方向走去。它带灰色和黑色的斑纹，有四尺多长，像一条深色的缎带。它很安静，当我回头看它，它也好像挺起尖尖的三角形的头，回过头来冷冷看我一眼，他过去了使我松一口气，幸而不曾在没有提防的情况下被他咬一口。不过他看来那么孤独、瘦削而沉静，只像一条深色的缎带，好像真是没有危险的。

在水流旁边，我们看见小小的螃蟹。它们在石缝爬行，或是钻入泥洞。同行的一位友人捉起一只螃蟹，叫我们欣赏它美丽的红螯。话还未说完，他就叫起来。原来那只小小的螃蟹用钳钳着他的手指，自己却弃钳逃走了。那只蟹钳在他手指上，应该没有生命了，但仍是钳得紧紧的，我们没法把它弄开，用力拉的时候，反而令被钳着的指头增加了痛楚。结果用石把它砸碎。但指头上却留下两道黑痕。其实事情怎会弄成这样子呢？从赞美一只蟹的美丽开始，却以指头受罪结束。我们都说这头蟹未免太过敏也太凶暴了。但回心一想，它也有理，它是误会有人要伤害它，于是才用暴戾多倍的方法来报复吧。照这样看来，这事就像一切事，不是谁的错，是大自然的错。

　　来到一幅草地，上面有一朵朵白菌，你会说它们几乎像童话里的角色，但现实告诉我们，它们是有毒的。它们在地面狭小的一角，生长成一个个小圈，远看一点点白点，像发霉的牛奶、发酵的面包。它们很脆弱，而且没有根，一碰就碎。至于说它们的毒，不去碰就没事了。象征和寓言是人类的主观雄辩，而在旅行时，我们只要睁开眼睛看，不要随便跟敏感的生物开玩笑，那就安全了。

（一九七七年四月）

一杯热腾腾的东西

风从船舱的缺口吹进来,我们紧紧地挤在舱里。有个人走到风口那儿。"哗,真冷!"跟着立即躲到驾驶室的下面。我们横坐着,距离风口不远,我右边有两个人,挡住一点风;到最后他们也忍不住,站起来钻到里面人丛中去,我就完全暴露在风里了。

风一阵一阵刮进来,有时还溅起一阵浪花。我可以看到外面的海和天空,是淡淡薄薄的灰蓝色。过一会,逐渐可以看见岸边,还有公路上行驶的汽车的影子。

"快到了!"

等船泊岸,我们连忙跑向码头那爿杂货铺,想喝一杯热奶茶。没有什么比一杯热腾腾的东西更好了。可是它今天没有开门,一把锁连链封着铺门。记得来的那天,它是打开的,那天阳光烂漫,我们坐在码头等船,看着迟来的人从石级走下来。

入营的第二天早晨,一觉醒来,才发觉天气变了。风呼呼吹着,洗脸的水好像冰一样。现在我们又回到码头。没有太阳,寒风吹着。有人的脸孔冷得发青,有人有一个红鼻子,有人在那里跺着脚,说:"真冷,真冷!"

"跑到前面去吧！"沿着公路，真的跑起来了。风还是那么强，天气还是那么冷，但当你跑一段路，就好像暖和一点。当你停下来，又再冷起来了。

前面有一爿小茶室，我们推门进去。

"咖啡！"

"奶茶！"

没有什么比一杯热腾腾的东西更好了，在这样的天气里，当你从寒风中进来。一群人在一爿小茶室里，等待一杯暖和的什么。

出来的时候，又再回到寒冷的风里，但这一次，"好像没有那么冷了"！

（一九七六年十二月）

雾

今天听一位画画的朋友说到一个雾的故事。他说过去在台湾的时候,有一次上阿里山,一个人在林中画画,忽然涌起了雾,雾在四周弥漫,逐渐把人包围起来,叫人没法看到周围的东西。他当时很害怕,因为看不到路,又担心雾不知什么时候才散,不知天色会不会黑下来。这样过了一个多钟头,然后,雾像忽然涌现那样,忽然消散了。也许这不是一个很完整的故事,但即使没有戏剧性的情节,却有事件、有起伏、有疑惧亦有结局。许多故事,其实不亦是这样一个雾的故事吗?

当时,当雾围绕四周,放眼看去尽是白茫茫的一片,人不知立足在哪里、不知会遇到什么,那感觉,一定是茫然、是恐惧、是等待的紧张、是不知怎生是好的焦躁。

但过后,当雾消散了,当人回想那段经历,把它说出来,我们听了,便都会觉得:呀,多么美丽的一个经验。想一想:独自一个人,被雾包围着,多么难得的一种遭遇!

就是这样。当我们遇到什么,我们忙于应付,没有时间去欣赏它。或者当我们置身于情感激烈的起伏中,感到手足无措,感到痛切或是疑虑;但过后,却又会怀念它,觉得那些辛酸中包含着无数美好的片段。

对事情知与未知之间，生活一切还不曾固定下来的那些光阴是最美的，但也是最充满焦虑的。正如文学作品的酝酿时期、人的青春、植物的花蕾。但每个人在起伏不定的时间里都很难跳出来欣赏那起伏的美、那未知的珍贵，只有过后，隔了一段时间，然后才可以欣赏、可以怀念。就像这个雾的故事。

（一九七五年六月）

长洲，凌晨三时半的雨

在沙滩上睡了一觉，醒来，唱歌的还在唱歌，谈话的还在谈话，而我们的跳远选手呢，还在波浪的边缘，一次又一次地向月亮跳过去。

已经凌晨三时了。

"我们还是回到房子里睡吧！"

有人"嗯"地漫应了一声，没有人站起来。五个人母猪小猪地躺在一张席上，我躺在沙上，有人躺在旗杆的旁边，说："你们先起来，我要做最后一个起来的。"

整个漫长的沙滩，在静夜里展开。天上有月亮和星，沙上除了我们，一个人影也没有。走过时，脚跟可以感到沙粒温柔地起落。

走过只余骨架的泳棚，走过那所白天放着藤椅的"番鬼佬餐厅"，走过吃烧鹅濑粉的地方，走过卖咸鱼和豆腐花的地方。现在都关上门，静静的。在月光下，只见每隔不远的门前，放着一张尼龙床。人们喜欢凉快，都睡到门外来。

这个热闹的小岛，在这安静的时刻，把它耀眼的太阳伞都收起来了，把它千百个在水中晃荡的盛小吃的蓝花碗子都收起来了，把它陈旧的百货和晒干的海产都收起来了。只留下一些不太明亮的街灯、窄窄的小巷，还有那些在凉凉的海风中躺在门前睡去的人。

我们转出码头。噢！那么静。来的时候还有几桌人在码头的路旁喝啤酒，还有那卖西瓜的（我们吃了西瓜），还有那卖粥面的（我们吃了西瓜再吃粥面），还有那卖西瓜的（我们吃了西瓜再吃粥面再吃西瓜）。现在他们都不知道到哪里去了。所有的灯光熄灭，所有的颜色收起来，所有的箱子都合上了。

好像是一个盛宴的结束，好像是沉沉的睡眠，好像是宁静的虚无。广大的夜，满地的纸屑。好像是——但不，当我们经过消防局，有些什么发生了。

起先是凉凉的一两点东西落到脸上。我们还说："真好运气！幸而我们离开了沙滩……"话还未说完，我们刚走过大排档，来到造船的地方，雨就哗啦哗啦地落下来了。

连忙避入人家屋前的布篷下。那个睡在帆布床上的人，从床上撑起身，看一眼满天的雨和这群奇奇怪怪的人，大概以为是梦中的一幕，又再睡过去。

雨真大，不一会，布篷的边缘已经积了低低一窝水。用手碰一碰，可以感觉到那沉沉的重量。放了手，它又弹回去。沉沉的重量是整个沉睡的小岛，急急的一阵雨把他们吵醒，叫他们抬起头看看外面的天空，转过身，然后又再沉睡过去。对于我们却不一样，以为要回去安睡了，不料还有这么一个节目。真有趣，都站在这儿，望着外面幢幢未完成的大船黑影间的灯火，不知道是不是要在这里站到天亮。

雨好像疏了，但一下子又密密麻麻，整个岛都打鼾了，只有我们站在这儿看雨。

"不要等了,不如走回去吧!"

于是,等雨再又没有那么大的时候,我们摊开了那张草席,十个人挤在下面,走入雨中。

可是,一旦开步走,问题就来了。龙头一定,龙尾的人就掉了队。我们在后面,怎也没法走入这张飞毡底下。阵脚乱了。高叫,哗笑,吵作一团,大家都湿了。跳远选手落后了一会,再出现时手中提着一个纸皮箱,准备跟雨比赛。

我们是那飘色的队伍,走过窄窄的小巷。雨是锣鼓。没有观众。但巷中有蒜头香浓的味道,迎接我们。走到海边,又有腌菜的味道。小岛睡了。小岛并没有睡。那些躺在门前帆布床上的人静了,但还有我们,还有这场凌晨三时半的雨。

(一九七七年)

向月亮唱歌

半夜里才吃过晚饭,一群人坐在码头上对着月亮唱歌。唱着花朵、爱情、杯酒言欢的友谊,一切不切实际的东西。

月亮照在海上,片片破碎的亮光。仔细看看,每一片破碎是一个小圈圈。片片破碎的亮光浮动在海上,每一个不完整是一个完整。

这么一群人走在一起,从这边走到那边,跨过那些熟睡在码头上的人。有些人,躺了一会就走了;有些人,睡得这么熟,连歌声也吵不醒他们。码头那边,放着一张空的破帆布椅。后面是一艘水警轮,灯亮着。走近时,你可以看见有人在里面煮东西,在这样的夜深。

然后又再坐下来,在石级上面。望下去,你看见水流冲击岩石,在那些黑暗的岩石上,有人说看见一只只蟹爬过。然后又再唱起歌来,一支支歌,关于追寻,关于玫瑰的愿望,关于你我相逢于黑夜的海上。

一支又一支歌唱下去,一个人唱起来,别的人随着接下去,这么多人同唱着一支歌,在那些跌宕的地方、转折的地方,一道走过去、跳过去,让人伸手搀你一把。一个人沉默了,又有另一个人开口。夜愈加沉寂,歌声愈清晰。夜渐深,总有人逐渐沉沉睡去,像原来那些熟睡在码头上的人。

听见一阕熟悉的调子,便接口唱起来。偶然的相逢,声音与声音的相晤。逐渐,文字隐去了它的意义,曲调溢出节奏之外,你只感到环绕沉静的那一片柔,像一片月光。你不必着意去唱,就是在这里,聆听这一刻。当月亮走过去,就什么也不再相同了。只是这么几个人,在这么一个夜晚,这几个人明年就不在这里,再也不会是一样的了。这人有他破碎的感情,这人有他不完满的生命,然而在这一刻,在这个荒凉的岛上,他们还在向未走过去的月亮唱一支歌。

(一九七二年七月)

大屿山

小时候对大屿山的认识只限于银矿湾。学校旅行么？在海滩附近的空地解散了，随便找个地方把带来的罐头吃光，那样便过了一天。以那时的心情看来，这一个海滩和那一个海滩，总好像没有什么分别。

跟大屿山开始有多一点接触，是在大三那年。暑假参加了青年工作营，到大屿山去种树，每天下午是自由活动，晚上唱歌，谈天，生活过得顶有趣。至于种树，说来惭愧，不过是把一株小小的树苗，埋进别人预先掘好的小洞中，然后再盖上泥土。实在是没有什么可以夸耀的。

不过尽管这样，后来去到大屿山，看见山上那些整齐的人工种植的树木，我也会大言不惭地跟人说："大屿山的树嘛，我也有份种的！"其实当日埋下的树苗，到底种在哪里，我也认不出来了，恐怕已变得又瘦又小也说不定，但经历过那一次，大屿山就好像从一个陌生的名字变成一个比较亲切的地方了。

两年前，一群朋友在大屿山租了一个小地方，每人凑那么一二十块钱，好教度假时有个歇脚的地点。那时开始，大屿山去得多了，这才发现了那里有许多好玩的地方，而且直到现在还未完全走遍。过去无知的时候，以为大屿山只有银矿湾，现在走遍一个乡村又一个乡村，爬过一个山又一个山，才发觉其实还未认识大屿山。就像人一样，对认识不深的人我们抓住一面胡说；认识得深点，反而就不知从何说起。

大屿山的地方，朋友中有人特别怀念长沙，有人特别喜欢石壁，又有人说忘记不了大澳。其实说他们喜欢这些地方，还不如说他们怀念当时跟他们一起的人、当时的感情、发生过的事。每个人总是以自己的方式去认识一片风景。每次汽车经过某些公路，我就总想起那次我们从塘福步行到大澳的"壮举"，那些吃着大屿山特产清甜菠萝的无忧虑的黄色夏天日子。在石壁附近，庄会告诉我们他过去怎样晚上喝酒游泳猜灯谜、每天早上赶出去香港上工而傍晚时买了送回来的时光。

而那次，当钟带我们走上灵隐寺，当上面传来竹战的声音，而我们都感到那不过是平凡的风景，她就说："我忍不住要告诉每个人，这段石子路，在过去，完全不是这样子的……"

在大屿山，最好的交通工具还是双脚。因为你可以信赖它；而且你可以自己作主，随你决定把自己带到哪里去。

要乘公共汽车可就难了。尤其在假日，你站在码头前面，如果不被人碰倒，大可以仔细看看刚下船的人怎样疯狂地冲出来赶车。比较热闹的日子，车站排着几条长龙，人们扭响了收音机，又有人在踢毽，用来消磨时光，而车，却总是那么少。

在中途乘车更难。记得庄结婚那回，我们在石壁附近的一个营地玩了几天。走的那天，大家已经又倦又累，中午时分站在大太阳下却怎样也没法截到车。等了半天，甚至有人躺在地上睡着了，还是没一辆车停下来。这样候车是很叫人丧气的。最后终于截上一辆反方向的公共汽车，一直去到大澳，然后再转车回梅窝。浪费了半天的光阴，但说也奇怪，车子上山时，却遇到重重美丽的白雾，又轻柔又清新，涌上山，涌进车中来。我一直没遇到过那样美丽的山雾。这样的事总使我迷惑：好像如果我们不是多走这段冤枉的路，就不会遇见这样的好东西。这样的事总使我相信，在旅行的时候，不管怎样走，到头来都未必是浪费。

但一群人在一起的时候，苦苦候车总难免使人扫兴。就像那回，我们一群人兴高采烈进大屿山，过了一晚，第二天一早起来就去候车，结果要到下午才去到一所寺院。因为玩得不痛快，许多人当晚就走了。

第二天只留下三个人。我们依旧信心十足地转车去码头，候车去东涌。东涌是我们一直想再去而去不成的地方。但候车候了一段时间以后，我们只好说："算了！难道一定要去东涌！"就在银矿湾划艇乘脚踏车算了。

想不到，那天我们却在以为是熟悉透的老地方中找到一所颇惬意的小小的露天酒馆。那里有阳伞、有藤椅，面向着海，像一个小小的花园。我们把这新发现拿回去气那些逃兵朋友，说："那里可以好好地看海，那里的公司三文治有九只小虾呢！"把他们气得牙痒痒的。

所以，最可靠的还是自己的脚。它总可以带你发现一点什么。

不过，故事还没有完。最近又去了一次。这露天的花园餐室已经有点变了。

首先，是顾客多了，座位改变了。我们坐过的藤椅移下来。我们原来最欣赏它的公司三文治是连着面包皮的，现在却切去了；还有，里面没有虾，只有乳酪、生菜和一块冻肉。我们十分伤心了。

欣赏的东西是会变质的。就像东平洲、蒲台岛，甚至大屿山，那些提着收音机烧烤叉子的匆忙的游客们蜂拥过来，这些旅游地区也许会逐渐消失了纯朴、美好的质素。而我们就只得继续寻找，在那些被人忽略的角落。

每个人会找到什么是没人可以预料的。就像那一回，我走下宁静的塘福村的海滩，竟发现一头死牛的尸体；过几天再去，却什么也没有了，只有白蒙蒙一片幼沙。

又像那一回，无意地沿着热闹的贝澳走，越过一片潮湿的草地，地上一些乱放的瓦罂，忽然有人发现那是一片义冢，吓得有人连忙拔足跑了。

总是猜不到会遇见什么……也许就是这样的。去到宝莲寺之类名胜你会发觉原来是乏味的；但几个人在沙滩上画快乐的画像也许可以玩上半天；又或者，信步蹀过一个渔村，平凡的地方也有可赏玩的地方。

大屿山就在那里，我们一次又一次地尝试走遍它，但总走不完全，有时我们走得多点，有时少点，有时因为找不到要找的事物而丧气，有时，像骆说在塘福村海滩看日出的经验那样："忽然回头，才发现原来它已在那里了。"

（一九七五年四月）

烟与颜色

在深夜,从船上望出去,只见一片黑暗。水与山与天没有了边界,连成一片晃荡,没有名字的浮泛。

在上面,那些恍恍惚惚地飘过的是什么呢?你可见过云垂得这么低,这么飘忽地从你的头上掠过?

"那是船顶烟囱的烟呵。"

这走廊上有笑语和人声,听见一句听不见一句的话,帆布椅上的人,灯光,和一点寒意。

在里面,一张张床上躺满了人,也许他们都睡着了。一个老妇人站在那扇门后,她在窥望什么呢?而在那边,对开不远处,椅旁放着一瓶喂小孩的牛乳。

隔了一会,又有一个人把头伸出去,惊奇地说:"你看,那些雾随着我们的船在动呢。"

然后,"那是船顶烟囱的烟呵。"

又一个假想推翻了。在外面,还是同样的风景。水与山与天没有了边界,连成一片黑暗,不假考虑的一个回答。

"那是船顶烟囱的烟呵。"

在一片黑暗里,你看不见水是什么颜色,天明后你会发觉它不是澄清的碧绿,是夹杂着泥沙的微黄。

天明后你会看见事物的颜色,这些陈旧的屋宇,这些仓库和码头,这安静的马路,你会发觉它们的另一面,它们现在沉默而苍白,但你会发觉它们不仅是这样。等你看到它们自己的颜色,你对它们会有新的想法。

计程车是黑色,三轮车看来总仿佛也像黑色。在黎明前的某一段时间里,一切东西看来都相似,这一个兜生意的三轮车夫跟那一个兜生意的三轮车夫有什么分别?他们将带你经过同样的惺忪的街道,让你居住在大同小异的地方。

除非你自己有特别一个目的地,你自己走去;除非你自己去找寻:水的颜色。

(一九七二年十月)

路、屋宇、海水

这一段路幽静，在左方，是一座座欧洲风味的屋宇，有些外貌土里土气，有些却十分秀美，叫人希望在里面长住。没有什么车，也没有什么行人，你感到悠闲、舒适、仿佛置身在风景画片里。

但是，不，在右方，那是黄浊的海水——风景画片里通常没有的东西。

这地方最好的不是在它的名胜，而是在这些街道，宽敞、宁静。你可以数着两旁的房子，慢慢踱过去。门前那几株树是几炷香，那些攀满藤蔓的又是什么呢？

山上还有些疏落的房子，离开这里一段距离，那所天主堂，那所酒店，当你仰望的时候它们就在那里了。

在右方，微黄的海水中有一块石，看来像一只青蛙。据说这青蛙的口以前是张开的，它对着的那所房子便遭了劫运，死了人。现在那所房子门前的门柱上装上道士帽一般的小檐，制着它。

这就是关于一只石的青蛙和两顶道士帽的故事。你可以坐在路转弯那儿的咖啡座上，你头上，没有顶着一顶道士帽般的天花板，看着汽车在旁边驶过去。在另一面，是海，如果凝望可以看得很远。沿着这些路可以随便踱，随便你走到哪里去，走上哪座古色古香的酒店，试坐在古式的会客室中，想像一个十八世纪的贵妇絮絮不休地跟你谈她家族的历史。

或者走上天主堂，俯望下面的风景，在走下来的路上，经过那座传说中的鬼屋。黄昏了，这灰屋中的幽灵也是出没的时候了，这些屋宇每一间都有它自己的性格，新式或旧式，美丽或不美丽，都自成一型。谁料到呢，这些街道和屋宇比名胜古迹更引人入胜。

然后你再转回路旁那个咖啡座，或者，你根本一直就坐在这里，没有离开。当你凝望，右面是黄浊的河水，有时汽车驶过吹来灰尘。如果你不介意，你一定快乐点。

（一九七二年十月）

烂头东北

一

下船的时候,我们背起沉甸甸的背囊,腰间系一个水壶,头上戴顶鸭舌小帽,就像准备走长途的旅人。我们摺好地图,刚才在船上已抚摸过千百遍,让指头代替脚步,已经在那些红色虚线代表的小径上踟蹰前行。我们像对新事物无限好奇的儿童,眼光望向前方,不把码头的车辆和海滩的泳客放在眼内,我们一口气走过漫长的海湾,把热闹的酒家和泳屋留在背后,我们走过度假营,来到东湾头。

有两个黑衣老妇人坐在屋前闲谈,我们就从这儿上山去。

二

我们打算越过山到大水坑的神学院去。上山的路比较吃力,我们坐在高山的石上休息,看下面广阔的海洋和海岸线,并且比赛背诵杨牧:

我想劝你不如去旅行,去看海鸥飞
去找一个陌生的地方住宿
明天我就去,去找一个陌生的地方住宿

两个外国人从山的那边转过来,浑身是汗,喘着气,背后还有三个。他们知道我们想翻山行往神学院,带头的一位摇头笑道:"算了吧!"另一个说:"很美丽的风景,但太累了!"他们跟我们相反,从神学院来,往银矿湾去。他们走了多久?"一小时!"他们的上衣湿透,有几个索性脱去上衣,绑在腰间,从我们来的路下去。

我们坐在那儿,看他们走下去,在半山走了岔路,我们在上边呼叫,叫他们转弯,但他们已听不见了。在上面,隔一段距离,你看路会清楚一点,知道那条路通往那儿。但当你在走路,实际的情况就不是这样简单了。我们呼叫,他们已听不见。但他们到头来总会找到路的。于是我们就随他们去,继续摆弄指南针,翻地图,并且背诵杨牧:

我想劝你不如去旅行,去看海鸥飞……

三

中午左右终于去到神学院了。那儿地方幽静,养牛,出产的牛乳很有名。我们向一位阿伯买,他带我们走入冷藏库(好一阵清凉!),拿给我们两瓶牛乳,每瓶一元半,它们的商标是"十字奶",但村民则称之为"神父奶",比一般鲜奶甜美(好一阵清凉!),走路的疲倦都获得了补偿。

我们走上牛房看牛。圆拱形的建筑,两旁开有窗洞。牛都在里面。工人用力洗擦地面,用水把牛粪冲去。下面有宿舍,这儿可以住宿,但要预先申请,而且要遵守规矩。神父们每朝四点起床祈祷,他们也种田做事,把整个神学院打理得整整齐齐。花园里种满各种花朵。

这样好的风景,我们正想停下来做中饭,却看见一个牌子,说未经书面申请不能在这儿煮食。我们既然去到别人那里，自然尽量尊重别人的意思，遵照规则。我们沿园后的石级向海滩走下去，在半途找到一幅树荫空地。我们在石上坐下，把煮饭的家伙拿出来，把电油灌进电油炉里，在神学院那儿取水煮面，还开了两罐罐头，又煮汤，吃得饱饱的。出去就是海洋，对面是坪洲，风景美丽。我们跑上跑下，取水，洗碗，把垃圾扔进焚化炉，最后还煮茶，把香片倒进水锅的水面，浓浓棕黑色的一团，然后逐渐散开、沉下、与热水的水泡混和，茉莉的花瓣舒展，在热腾腾的水中再获得生命。我们看着远处的海洋，呷一口茶（好一阵清凉！），奇怪，在这样的热天，喝一口滚热的茶，感觉反而是清凉的。

四

离开大水坑的神学院，向大白二白进发，那是我们计划黄昏扎营的地点。我们走了长长一段路，在长沙栏附近，来到有人家的小村。我们看见房子，但却不见有人，只跑出一群恶狗来。这是我们几日与恶狗战斗的先声。它们追着我们狂吠，我们站定，大声吆喝，它们退后一点。当我们前行，它们又追上来。其中一头追近朋友，甚至咬破他的裤管，后来才发觉原来连足踝也咬伤了。真是岂有此理！也没有人唤住它们，人都躲在屋里。最后我们只好拣起两枝长棍，装腔作势，它们真势利，这才静下来了。

我们避开有人的村子，走下多垃圾的海滩。阳光从几处云隙照下，像电影中圣灵显现的样子，我们则握着拐杖般的打狗长棒，像摩西或者什么长老那样踽踽前行，这是新版的《出埃及记》。

五

稔树湾是个小地方。我们坐在海湾的码头休息。码头是突出海中的长堤，我们躺下来，喝茶，休息。朋友的伤势不严重，但这样吃恶狗的亏真不值得。辛苦走一段路，在这里舒服地休息一下倒是值得的。码头旁边是沙滩，上面很肮脏，扔满了瓶子罐子、胶袋、报纸和废木，也没有人清理一下。沙滩内面是农家，这一带很多丝瓜田，纠缠浓密的藤叶遮去后面的瓜果，只偶然露出粗硬的竹枝。我们很少看见人。这一带的村落，青年多到外面（如英国）去，只留下老人和小孩。我们走过田边，看见一个老人，他没望我们，解开绑在码头许多艘船的一艘，开了摩托，开走了。这些船都很小，上面堆着槐棕色或黄色的油布和一捆绳子，像普通的小艇，原来它们都装有摩托。老人去的不远，也许就是对面的坪洲。比起来，坪洲已是热闹的市集，有街市和商店、学校和警局。这儿只是一个小村，与外界通讯或来往，唯一途径是经过坪洲。稔树湾是个凹口，形状像布袋或碗口，人家都藏在这凹口里，偶然传来几声狗吠。我们躺在码头上，这是这凹形湾口中央凸出的一道堤，三面由海水包围。一个人从水中游近我们，只有头颅露出水面，像是一个孩子，原来是个女孩。她游近，似乎看见我们，没有在码头上岸，又回过头游回右方去。她游了好远，大概二三十尺远左右，然后停下来，站在水里歇息。原来那么远的水还是这么浅。稔树湾真是个小地方。

六

下一站是大兴。大兴的沙滩很清洁，也没有丝瓜棚，也没有村民房子，静悄悄的门前停着两辆吉普车，好像是个不寻常的地方。

我们向海滩的码头走出去。有个中年男子和几个孩子在码头。他很奇怪我们会来到这儿，他说这儿是他们的地方。他是旅游公司的。他们买下了这儿和大白二白的土地，准备发展成旅游区，我们记得在报章上也看过这新闻。

"是准备建酒店吗？"

"不仅是酒店，"他自豪地说："什么都有！"

我们站在码头，环顾这个海滩，瞻望前头的大白和二白，几年后这儿将只有游客住宿，划成高贵的地区，不再是我们可以旅行和露营的地点了。

七

在大兴后面横过一道溪水，在大白附近开始上山。走了许久，然后来到山上的一所学校，有一对少年在那儿扎营。这儿在大白和二白之间，学校有水喉和厕所，十分方便；而且这时也近黄昏了，我们便在他们旁边，搭起营来。他们是两兄弟，放假乘船来这儿露营。听说我们早上从银矿湾一直走到这里，都赞我们走得远，我们听了，都表现得很自豪的样子。

搭好营以后，第一件事就是从另一边山跑下二白海滩游泳。那是一段长长的石级，两旁是长草，走到下面，经过草和树丛走出去，就是沙滩了。沙滩自然是没人的，又自然是扔了一些破瓶和废木，但水还算干净。二白的海滩多石，近岸一段石头刺脚，走了老远，水才不过到人腰部，石渐渐没有了，是黏黏的土。我们在那儿开始游泳，水很咸，浪很大，但走了一天的路在黄昏游泳总是舒服的。那边是大白,这里是二白,我们因为穿短袖衣服走路,臂上也晒成深浅不同的两截颜色:一处是大白,一处是二白。

八

煮饭的时候,微雨落下来,我们只好把炉子搬进营幕,在里面吃饭。雨却又停了。我们又累又饿,自然是吃得饱饱的,两个人还喝了一大锅汤。吃过了饭,我动也不能动了,躺在那里,想:"我休息一下,就要起来。"朋友收拾东西,我想:"我休息一下,就要起来。"朦朦胧胧之中,不知怎的就睡着了,一觉醒来已是深夜。四周一片黑暗。朋友睡不着觉,正在听收音机。我听到有人谈沈从文,便听下去。我们谈到今早进来前听见的猫王普雷斯利逝世的消息。隔邻营里的两兄弟也接口谈起来,原来他们也没睡,也在听收音机。后来新闻报告的时候,他们还扭响了,让我们听人们争着瞻仰遗容的新闻。我们都睡不着觉,躺在那儿谈话。营里很热,是风暴前的闷热,打开的营门那儿,可以看见每隔不久就是一下闪电带来的白光,但没有下雨。夜深了,忽然一只蝉在左方响亮地高叫起来。

九

大清早醒来,天已亮了。吃过早餐,跟那对小兄弟说过再会,便再动程了。

沿石级走下二白,照树丛中一棵老树身上的"二白村"牌子的方向转左。沿路有尖刺阔叶的植物,阻拦我们前进,走进村去,才发觉都是空屋或破屋,没有人住在这儿。

走过一段路,看见一道溪水,水流清澈,石缝间储满了透明晶莹的水,一端潺潺流入,一端淅淅流去。一道粗水喉横跨水面。我伏在水喉管上,摹仿一只红蜻蜓那样,俯下脸孔,探向那清莹冰凉、微微颤动的水面。不料突然身子失去平衡,整个人"扑通"一声,掉进水里。

好清凉好透明的水!我是一尾快乐的鱼。

十

我们沿路上山,湿透的裤管渐渐干了。长长的草丛阻住去路。我们把小路扩阔,在没有路的那儿开出路来。我们攀着半山上电力站的钢线或是蔓生的枝桠,把自己翻过山的另一边;也小心注视地面的陷阱、石和石之间的隙缝、草叶底下隐藏的针刺。我们欣赏蝴蝶和草蜢。我们采摘山稔。甜甜的山稔后面,忽然飞起一只带刺的黄蜂,缠绕着你,久久不愿离去。我们沿路上山,湿透的裤管渐渐干了。

十一

离开长草的崎岖山径,来到一片绿草的山头,走高一点,便可以回顾得更远。在那边,远远那个山头上,一点橙红色,不正是那对小兄弟的营吗?那就是我们昨夜扎营的地点。我们现在离它是如此远了。我走着,走着,疲倦了,吃一颗糖,吃一个橙,设法安慰自己,或者索性怪叫一声,坐下来,赖着不走。我的朋友拿我没办法。我想他没见过在上山的路上休息这么多次的人。我停下来,坐下来,吃一颗糖,吃一个橙,再走。走高一点,确是可以看得更远。翻过山,凉风习习,仿佛可以把我们吹上天去。山那边的木厂已在望了,我们看到海里的浮木，一根根粗壮的树干浮在水面，有些聚成一组，有些零落参差。风真大，吹得我们浑身凉快。目的地木厂已在望了，我们想像在那里一定可以看到许多东西。风真大，仿佛可以把我们吹到山下。但其实还有一段路要走。我们在山脊看见燕子，一个回旋，轻盈地乘风远去；仿佛不用着力，就可以御风而行。又一只燕子飞过我们身旁，一个回旋，就已经去得远远的了。什么时候，我们可以像燕子一般轻盈呢？

十二

到了山下，不见木厂，只见一块农田、一所农舍，狗儿吠叫，不见人影。

过了这农舍，有一道溪水，又有树荫。已经过了午饭时间，有这么好的地方，自然是停下来做饭。我们煮面、煮汤、烧茶，我们把脚放进清凉的溪水，我们发明躺在岩石上，由水流按摩背脊的新办法。我们把晒得发熨的皮肤，像"煎鱼"那样反复浸入水里。我们吃一颗西梅，舒舒服服躺着。弄这弄那，又吃又玩的，一顿饭下来，已经过了下午四时了。

我们收拾行装，又再动程。满心以为随着在木厂可以看到许多东西，忘记了行程中一起一伏、一喜一悲的常则。才过了田，就发觉前面没有路了，四周尽是密密麻麻的矮林。

十三

（据说，十三是不祥的。）

我们心想：只要朝海边走去，一定可以走到木厂吧！那便推开低矮的树木浓密蔓生的枝藤，向海的方向走去。走了许久，仍然是在丛林里，枝藤仍然是浓密的，遮去了前景，纠缠你的背囊，捆绑你的手脚。我们站在那里，进退维谷。从树干的空隙窥望，看见右方不远是一扇斜坡，有几块巨石。我们辛辛苦苦挤近，隐约看见山坡上面有人家。连忙攀着不稳的枝桠、光秃的巨石，把自己扳上去。在斜坡的半途，正在喘息，忽然上面传来一阵狗吠，吠声愈来愈凶，狗愈来愈接近，就在我们头顶，好像想扑下来，把我们吓了一跳，大叫："有人吗？"并没有回音。斜坡上站不稳，上面有恶狗，上不去，只好后退，走下斜坡的另一边。那里是一片肮脏的泥地，堆满垃圾、空瓶、废纸，还有两只死鸡。狗继续追来，好像要扑下来，我们只好后退，向密林那边挣扎走出海去。

终于出了密林了，才发觉那边并不是什么海洋，只是海边的泥沼。一片乌黑色。我们踏进去，好不容易才把一只脚提出来。

裤管和鞋子，都变成泥沼的污黑色。鞋子被黏泥吸住，好艰难才摆脱了，下一步又陷回去，我们双脚也是如此。对开的海面，都是黑色一片。这儿已是木材的集散地了。就像刚才在半山看见的那样：一根根粗壮的树干浮在水面；只是隔远看，看不见水这么肮脏。远一点的地方，有起重机和运货船，有一些工人正在起卸木材。我们高声呼喊问路，但他们隔得太远了，听不见。我们又向岸边喊，也是没有人回答。

岸上的丛林浓密，偶然响起一两声狗吠，我们只好沿着污泥前行。有一段时间，真不知如何是好。近岸一带，淤积满是烂泥，偶然露出一个缺口，似乎可以上岸了，不料就跑出一群无人看管的狗儿,向我们狂吠起来。我们夹在两者之间,情势真是尴尬。对开的海面上有浮木,但却离我们太远,显然也不容易"参观",不像我们预先期望的那样。结果我们只是白走一场,陷在泥泞的地带。

好不容易找到一个缺口,在近岸的地方拾起两根粗木,指吓着狂吠的狗儿,这才勉强爬上岸来。它们仍然张牙舞爪;我们高声呼唤,问可有主人?僵持了半天,才有一个妇人从屋内窗口探头出来,突然又缩回头去。过了一会,才有一个男子走出来。我们问往竹篙湾的路,又请他拉住狗。他高声吆喝,狗群才散去了。我们浑身肮脏,问他借水洗涤。我们来到厨下,打水冲洗,洗了一盆又一盆,清水变成浊黑的颜色,倒了一盆又一盆,大家才逐渐恢复原来的样子。朋友的鞋子不能用了,打算扔掉,问该扔往哪儿?屋主人说:"扔出窗外便可以。"我们探首窗外,只见窗下就是一个杂乱的垃圾岗。堆满瓶子、报纸、果皮、骨屑、废木、黑色的胶块、烂布、生锈的铁器,还夹杂着一两只死鸡。屋主人和他太太都很年青,襁褓中还有一个小孩,对这环境似乎无动于衷。他们以养鸡为生,特别养了许多狗防人偷窃。

我们洗干净了,问路往竹篙湾,那男子告诉我们沿屋旁的小路上山便可以了。我们谢过他们,便再上山。他们一家三口,安静坐在低矮的室内;我们走出来,沿路上山去。回过头来,还可以看到他们的房子挨在山脚,旁边是密密麻麻的难舍,对出去是海湾里一根根浮木,像淤泥那样凝定不动。再对开的地方,有矮矮的一根根木桩,插在水中,像一道小小的篱笆或铁栏,保护了不让木材飘到外面广阔的大海,也限制了它们流动的自由。

十四

跟着下来的一段路就舒服了。是山间的小路,但没有阻路的树丛和荆棘,自然也不会有泥沼。我们心里轻快,不到半小时,已经把阴澳湾和木厂抛在背后,来到竹篙湾。有一所清洁无人的学校,我们就在宽敞的篮球场上扎营。没有石头扎营,就借用旁边的大花盆来压住营绳。所以营的四周都放满花盆。在学校里,可以望见下面竹篙湾的小村和船厂。这儿是香港有名的制造游艇的地方。我们可以看见船厂那儿停着两三艘未完工的游艇。船厂很大,这时还有工人开工。

没有水。而且还是黄昏,天还未黑下来。我们便到下面的村子走走,也想到船厂看看。在村中一所食堂的阿伯那儿,居然买到冰冻的啤酒,我们坐下来,喝一口,感到疲劳后的舒适,有说不出的畅快。成群狗儿在小路上逡巡,船厂关起门,不让外人参观。我们从一所铺子买了水果和啤酒,回到山上的营地去。天渐渐黑下来了,我们坐在没人的学校的篮球场上,对着屋脊上明亮的月亮,左边下面是竹篙湾的灯光,右边隔着海可以看到远处青山那边的灯光,我们喝酒、吃罐头豆豉鲮鱼和回锅肉、休息、谈天、唱歌,感觉好像是属于这地方的一分子。走了一天的路,现在只要好好地歇一晚,明天早上便再出发,步行到另一边的昂船凹去。

(一九七七年八月)

夜　行

傍晚的时候从大纲仔出发,过了竹湾不久,天色已经黑了。阿清和阿娟远远地走在前头,老张和张太就在我背后。

张太说:"阿清好像不是旅行,是赛跑的样子!"

"糟了,"老张说:"我现在已经开始有点累。"

"阿清今早为什么不大跟我们说话?"

"他现在一副大人的样子,"张太说:"他今天满脸严肃地到我家里来,把我背囊里的东西都倒出来,要替我重新收拾一遍。我现在自己也不晓得背囊里有什么。"

"最惨的是,"老张说:"他一定要我盛一壶蜜糖。他说蜜糖最有益。我现在想喝水也没有。"

"你可以喝蜜糖的呀。"我说。

"甜腻腻的,最可怕了。你要喝吗?我可以整壶给你。"

"不,不要客气……"

阿清在前面的桥头停下来,还以为他等我们一起走,大家谈谈天。不料他只是说:

"你们还不快点走,就没法在十一点到桥嘴了。"

"反正都是夜晚,为什么一定要十一点到桥嘴呢?"老张抗议了。

"计划了这样就这样嘛！我们上次几个同学来，十点多就到了。你们真没用！"

"不同的人呀！"我说。

"你盛的蜜糖害死我。一会儿不晓得会不会惹上满身蚂蚁……"

阿清有点生气了："你不要就给我拿好了。"

"说说嘛，阿清今天干嘛这样……"

阿清又开步走。我们听见他正在跟阿娟说蜜糖的益处。

前面一个分叉路口，黑漆漆的夜晚里，一个人影也没有。

"阿清呢？"

"照看应该是走斜上去左方的这路。我不大清楚。但他在路口应该等等我们的。不是遇到什么事吧？"老张有点担心了。

"阿清！"

"阿清！"

寂静漆黑的夜晚里，只有远处农舍的几声狗吠作为回声。风吹过来，摇动树的黑影。向四个方向望过去，都不见人影。

"阿清不会有什么事吧？"老张说："你晓得他最粗心了。上一回露营掉下田去，跌断了手。"

他边说边向下边探望。

"阿清！"我们在黑暗中再等了十多分钟。担心着。

"老虎呀！"

阿清他们从树后扑出来。

"吓死我了！"张太说。

"你以为这样很好玩?"老张说。

上山的是柏油路,并不难走。天色愈来愈黑,只有前面山岭的夹缝中,露出点点星星。我们一边走、一边唱歌,大家好像开心起来了。不管路多远,几个人谈谈笑笑的,总是易走一点的。

"好像是'呀,美丽的星星……'才对呢。"阿娟说。

"不,绝对是'星星是美丽的',这歌我最熟了。我们有一次音乐比赛唱过的。"阿清说。

"谁有啤酒?我要喝一罐啤酒。"我说。

"我累了。"老张说。

"我们坐下来吃点东西吧。"

"不,"阿清说:"到桥嘴再吃。"

"有没有弄错?十二点才吃晚饭?"大家一起抗议了。

"我的肚子也饿了。"阿娟说。

"你们总是不依照计划办事的。"阿清气鼓鼓地说。

"不要生气,"我说:"你看,星星不都是美丽的吗?"

我们在山头的路旁坐下来。当我喝了一点啤酒,吃了一点牛肉干,不但星星是美丽的,许多事情也美丽起来了。这样深夜走路,坐在星光下的柏油路旁野餐,不也是美丽的吗?肥胖的老张和瘦小的张太,不都是美丽的?生气了的阿清和没有生气的阿娟,不也是美丽的?是的,即使阿清是那么年青,年青得那么固执,但是,这个晚上,星星是这么美丽呀……当我喝光一罐啤酒,我煞有介事地告诉阿清:

"星星的美丽是让你欣赏的,不是叫你去争辩的。"

他告诉阿娟：

"这老家伙一定是喝醉了。"

他真是凡事都要找一个合理的解释呀。

"递一罐汽水给我，阿清！"阿娟说。

"喝蜜糖吧。"他说。

整个黑暗的山上，只有我们用电筒照亮的一个圈。我们就坐在里面。大家拿面包和午餐肉出来吃。开罐头的时候，才发觉忘了带罐头刀。

"哼，阿清，是你替我收拾背囊的！"张太说。

"好心没有好报！以后你请我也不收拾呢！"

"不要吵了，想个方法解决吧。"老张说。

各种各样的解决方法提出来了。有人说把它用力掷到地上，有人说用石头砸碎，有人说用炸药把它炸开，有人说用电锯。

阿清喃喃地说是老张走得太慢，不然现在可以走到桥嘴了。

"不要吵，有人来了。"

在山头那边，现出两个黑暗的人影，他们手中晃着一点电筒的亮光。

"不会是箍颈党吧。"阿娟说。

"大家小心准备。"阿清往他袋里不晓得探出一点什么来。

"不要紧张，"老张说："是过路的人罢了。"

当他们走近了，我们可以看见他们背上的背囊。他们也有点紧张。我们打个招呼，当他们看清楚我们的样子，也放心地笑了。

"你们有罐头刀吗?"

"罐头刀?没有呵。"

然后他们向着我们来时的路走下去了。他们走远了一段路,还隐约传来那笑声。"罐头刀?哈哈哈。"

这使我们也笑起来。对,忘记带罐头刀不是悲剧,而是一件好笑的事。在星光下的山头的几个饥饿的人如何设法打开一罐罐头呢?

"你背囊里的是什么?一把斧头?"老张问。

阿清点点头。

"用斧头来开不就可以了?"我们都高兴起来,"罐头问题"露出曙光了。

"但我的斧头是新的呀。"阿清老大不愿意的。

我们答应小心使用,又答应替他抹干净。他才把斧头拿出来。那是一柄好看的小型斧头。老张站起来,一斧砍在罐头上。罐头陷下去,但铁罐并没有破。他继续砍,他站在那儿,牵起巨大的影子,许久许久以前,原始人一定也曾在黑暗的晚上为食物举起斧头,只不过他们没有这个面对罐头的困难。

砍了四十一斧,罐头变成一团面目模糊的东西,才算裂开几条缝来。我们从缝中刮出肉来吃,好美味的罐头午餐肉丝呢!

从另一边下山了。这一次不再是柏油路,而是树丛中山石的崎岖小路。

路好像更黑了。阿清和阿娟走在前面,我跟着,老张他们走在背后。我又开了一罐啤酒。但我没有机会抬头看天上的星星了；我也没有看阿清和阿娟走着急促的、跳跃的步子；也没有看老张他们在背后走着迟缓的、稳重的步子。我得专心地拿着电筒照着前面、我一只脚踏下去的地方。我得弄清楚哪儿是石、哪儿是泥。有时一个忽然陷下去的地方，叫我踏了个空。

我喝着啤酒，专心看着路，想起许多事情。路是一直向下陡去的。有时又是"之"字型的转弯。有一会我可以看到吐露港的灯火，有一会转了弯又再也看不见了。我笨拙地走着，又想到另外许多事情。我起先想到阿清的年青，然后我想到老张，然后我想到这样子一起走一段夜路的机会以后也许再没有了。不仅因为大家年龄不同，也因为步伐不同。走着走着。我停下来，感到周围一片黑暗。风呼呼吹着。前面看不见阿清的影子，他们已去远了，回过头去，也看不见后面的人。我低下头，看见电筒微弱的光，只照着眼前的地面。

我继续走下去。在转弯的地方，一些横倒在地上的枝桠阻着路，我几乎也给绊倒了。我把树枝扔掉，跳过石隙。

"哗！"前面一声大叫，吓得我几乎把电筒也给掉了。原来是阿清的恶作剧，他不作声地站在路边，突然叫起来。他还要吓他们，我说最好免了。我们还是等等后面的人吧。过了几分钟，他们才走到了。他两人用一支电筒，光线微弱。老张提议跟阿清换一支，反正他和阿娟共有两支大电筒。可是阿清摇摇头，说："我们领队，要光亮的电筒呀！"然后就继续走。而他的所谓领队，也不过是一溜烟走得无影无踪吧。我把电筒跟他们换了。下了山就到桥嘴了。穿过杂货店和农家，就去到我们打算露营的码头。"比原定计划迟了两小时。"阿清不开心地说。大家不知怎的都没有到达的喜悦，反而刚才在路旁吃东西时还开心点呢。阿清先行，我们走到码头时听见他嘀咕个不停。原来码头上布满了牛粪。"上次来也没有！"他说。

又一件超出他计划之外的事情！

（一九七六年十月）

声　光

笑容可掬的脸

看夏加尔（Marc Chagall）的照片，最吸引我的是他的笑容。每一张照片里，他都笑得那么开怀。有一张，他坐在椅上，怀里抱一只猫，眼睛专注地看着那边的一点什么（是一个女孩子还是一株栗子树？）在笑，嘴边的笑纹，变成两个胖胖的括号，合着的唇是一个可亲的数字。又有一张，跟英格烈褒曼合照的，笑得眼睛眯起，牙齿都露出来了。跟儿女在一起，跟妻子和朋友在一起的，都尽是笑。即使合上嘴巴，脸上也泛满笑意。能够这样毫无保留地，由心里笑出来，实在是不容易的事。

夏加尔的脸孔轮廓分明，看来像一头山羊或者一个牧神。好像就是从他画中跳出来的人物。这样一个人，你会觉得可亲，好像他觉得人生充满了奇妙的事物，而创作是一件快乐不过的事情，他的皱纹告诉你他经历不少事情，而他的笑容向你保证，仍然没有什么是不可以的。

所以当他画面上的恋人在空中徜徉、鱼长了翅膀、马会飞翔、雄鸡变得比人还高大、天使飞过艾菲尔铁塔、拉提琴的人在打筋斗，那也不过是他那种笑容的魔术罢了。人们板着脸孔定下一切规律：人与物的秩序是这样的、颜色是这样的、线条又该是这样的；而夏加尔以一个顽童恶作剧的笑容把它们推翻，他把一条街道打碎然后重整，他把一对恋人从他们并肩安坐的姿态拆开让他们在空中的玫瑰花丛重逢。当你细看，你一定会在画面上发现他那抑不住的笑意。

但他的笑从来不是一种嘲笑，他不是一种为理论或为破坏而打破旧秩序的人，他经历过立体派的洗礼，这种僵硬的画风落到他的画面却变成缤纷温柔的构图，犹如他脸上的皱纹一样自然。他的个性是突出的，他经历一切，然后以一个笑容把一切起伏化为创造。他经过第二次大战的可怖日子，失去妻子贝拉，却在画面上为她布置更美丽的家庭。他的笑不是无知的笑容。他就站在那里，在他的画作面前，笑着。即使在最缤纷梦幻的画面中，我们总可以找到他的俄罗斯故乡小村的人物，他所爱的人，他喜爱的事物，像一撮泥土那么可以亲近。他像一个做梦的人那样笑着，双脚却是站牢在土地上的。

（一九七五年四月）

金属的心跳

一阵风吹过,那些金属线末端的圆形或心形的金属片,就轻轻晃动起来。那些红色的蓝色的金属的心,不住跳跃。

但创造这些雕塑的人,却静止下来;血肉之躯的心脏停止跳动;这七十八岁的老人,与世长辞了。

阿历山大·可达(Alexander Calder)原是一个工程师,难怪他的作品具有工程师的准确;但另一方面,他也有诗人的欢愉与幽默。早年在巴黎的作品,用金属线扭成人形和动物,他又用金属线鎚成他的马戏班。他这个马戏班主把整个马戏团随身携带,像一个魔术师那样从笨重的金属中找出灵巧的生命,变成可以翻筋斗或是走索的、活生生的一点什么。他像一个医生,探摸金属的躯体,听见了它们的心跳。

可达最大的贡献,在使雕塑动了起来。在早期这些静态雕塑之后,他开始制作动态的雕塑。终其一生,他有静态和动态的作品,像明与暗、动与静、生命与死亡,像翘翘板的一升一降,他自己是其中的枢纽,调整了起伏、保持了平衡。

他的作品教我们看来欢快,因为它们明净、单纯、平衡。当他作出动态的作品,表面看来像一种魔术;像施行神迹的人,伸出手,就叫瘫痪的金属病者站起来,舒展筋骨,过一种活跃的生活。但其实那不是什么魔术和神迹。因为他正是一个耐性的医生，是缓缓地把脉和仔细诊症的。是了解了金属才叫金属活起来，因为他有一个工程师的精密思考。

这么多年来，可达制造了不少雕塑。放在博物馆前面，在广场和郊野，与车辆和行人、与蜜蜂和花草一起。有些是静止的兽，有些是顽皮的活泼的孩子，一只只臂上挂满了东西，微风来时就晃动不止。设计是精密的，却不是机器的刻板，那是一种温和的幽默、爱情与运动的心跳、大自然的感应。可达找出金属里的童心，叫笨重的钢铁一起玩游戏。今天他已逝世，但经他治疗而痊愈的金属的心，仍然健康地跃动，没有停息。

(一九七六年十一月)

老　人

马蒂斯（Henri Matisse）的剪纸，最近在外国举行展览。剪纸都是他晚年的作品，他一向色彩柔丽，调子活泼，晚年这些作品更是从灿烂归于平淡，格外柔和，格外简洁，使人看来感到舒服，像淡淡的酒，熨贴着心。最近度过九十大寿的夏加尔，晚年的画也是那么盈丽明快。他们这些老画家的明丽，是穿过繁杂抵达的单纯。仿如越过芜杂藤蔓的草丛，最后听见天空深处的鸟鸣，晶莹舒畅，是一个最后的补偿。有人说马蒂斯喜欢在他朋友的床边，举起他自己的画作，像日光灯那样照着他们。我十分喜欢这个传说，他的画那么温暖明亮，确是有一种康复的力量，可以照得卧病的人好转的。

年轻好像很可以骄傲，但年老的智慧，往往更使人羡慕。许多艺术家成熟的作品，都完成于晚年。年轻人给人的感觉是挑衅和浮躁，成熟却可以带给人安慰，仿如日光灯的画作，令苍白的病人痊愈。所以这样说，是最近看到意大利片《艾莲·艾莲》，很喜欢其中那个老人的态度。

那个老人，是一个法官，他的太太有一天忽然离开他，令他反省，是由于固定的生活过得太久，感情逐渐逝去。他工作过劳，遵医生命令度假，遇见其他人，发现了许多事情，觉得自己不再是个可以判断他人的法官了。

说喜欢这老人的态度，是他可以聆听、倾谈、反省。他可以与疗养院里的人个别散步谈话，了解他们的问题。他对那些男女、对自己的媳妇和儿孙，都是如此。可以一起走一段路，深谈与反省。相反，他的儿子，却立即就批判自己的母亲，妄下定论。这老人欣赏书本中的智慧，戏中的年轻人却说不看书。明知了解不易但仍能够肯定与人沟通的作用，能够从固定的生活中走出来，这都是不容易的。

（一九七七年九月）

不可能的梦

看莫迪格里安尼（Amadeo Modigliani）的故事，很奇怪他怎么在生命中有一段时间会那么沉迷雕刻。我们今天看他，喜欢他，都是由于他的肖像画。椭圆形的脸孔、长长的身躯、丰美的肉体、敏感的细节，都是莫迪格里安尼的特色。说到他的雕刻，知道的人不多，欣赏的人更少。留下来的，一共也不过廿来件罢了。

然而，他的一生，确有五六年是完全沉迷在雕刻中的。他的一生并不长，三十六年罢了，用来创作的日子大概只占一半。这样看来，那几年倒像有点浪费。他要在石头上雕刻，又没有材料，又没有钱买，结果去偷石头。做石雕又影响他的健康，他的健康本来就不好，经济更拮据，石雕对他来说，本就是一个不可能的梦。

但是，真奇怪，人就是这样，创作的人就是这样，偏要做那不可能的梦，偏希望那不可能的。人真正清楚自己能力的很少，不是高估，就是低估了。没有做过的事，我们不敢做，这是因为对自己没有信心；有些事，以为可以驾轻就熟了，不料却大大碰壁，这才明白是信心过度。人不但估不清别人，也看不准自己，于是有人不敢做梦，有人做那不可能的梦。不敢做梦的人没有幻灭,但也没有大的快乐;做那不可能的梦的人,可能飘上云端,亦可能从云端摔下来。

生活把人磨得苍老,在高低起伏、挫折与退缩之间,叫人看见那生涯的局限。做不可能的梦的人,也可能会到头来变成不敢做梦的人;既不快乐也不快乐地生活下去。每个人的路,到底都是自己选的,连怨人也不可以。莫迪格里安尼的可爱,自然是他把青春与才华挥霍,只为了做那不可能的梦。也许他真不擅雕刻,但他却不甘于局限,什么也试上一试。谁又能说梦是生涯的虚掷?雕刻的经验,使他后期的画造型更刚劲,结构更成熟了。

(一九七七年三月)

画的说话

朋友掩着画题，叫我猜梅沙哲耶画中的人物是谁。

老天，那是罗素！

不管像不像，这是梅沙哲耶针刻画中的罗素，正如旁边的是他的塞万提斯。即使不是人物画，每张画里也有一个人。那两尾鱼？那是梅沙哲耶。你喜欢它是因为你喜欢他的风格。

你走上这些梯级，你对着这些一幅幅的东西看了又看，难道是因为你喜欢纸或者喜欢玻璃？你是来看这些人。你看那个连音乐会也橙色了的轻快的杜菲。你看那个连鸟儿也棕色了的稳重的勃拉克。

你来看这些人。每个人都那么不同。每个人都好吗？你真该好好的跟他们打个招呼，听听他们说话。夏加尔？他总是喜欢说恋人与天使、小丑、飞扬与滑翔，把尖塔上的云与地上的泥土混合起来。在混声合唱中且不要忽略每一个微弱而甜美的音符吧。

我也喜欢听锡利说话。在《孤独》里，广大的空间中，零落的树枝之间隔着一大幅距离，那么辽阔的白色中的微弱的黑线。他说了什么？他没有说什么。那么辽阔的沉默中只有偶然几个音符。像他的人物的眼睛，那么呆呆地瞪着，没有说什么。他的嘴巴紧闭着,没有说什么。光投影在贝纳奴脸上,使那位穿黑衣的宗教小说家看来像一个沉默坚忍的苦行僧。我看着贝纳奴——我是说:我看着锡利……

爱力京斯基的话很有趣味,晏斯特的话很伶俐,毕加索这趟却反覆从不同角度去说他的《画家与模特儿》,这些人不都是很有趣的朋友吗?

有些人的话我不喜欢听。像华沙里莱的光合画。但也总有人站在那些细细的格子前细心欣赏的。因为在那些画里面也有一个兴趣相投的人——一个喜欢格子的人。

(一九七二年二月)

请勿触摸

走上"艺川",都不是我喜欢的画。那么多的圈,那么多的点,那么多的线。光合的游戏,颜色的游戏。

站在一件作品前面,看见它像在动,线条重叠又分开。它在跟我的眼睛开玩笑。看清楚,那作品有两层,前面和后面的线混淆了,产生视觉上的错误。

颜色、线条、光影。看过,没有什么特别的印象。一个无关痛痒的玩笑。

在大会堂顶楼,有另一个画展。《创造的美国》,展出一些当代美国艺术家的作品。

也是那么多光的游戏、声的热闹。

一个镜框,竖在一片风景的模型上,告诉你:这是视域,这是观察的角度。一些牌子写着"请勿触摸",另一些牌子是"请触摸"、"请把展品倒置"。一些是冷冰冰的,是死物,是图案,是光,是颜色;另一些,那创作的人极度主观地站了出来,歪曲一切,改变一切,在摹制大自然的风景上竖起了他自己的镜框。

有些,冷冰冰的,隔得那么远。是规则的图案,是对意义的反抗,是概念的流露。它有美学的意义,它在艺术史上的出现有它的理由。但对我这一个观众来说，那样冷冰冰的神气，却是像它的牌子所写的一样，是不可触摸的。

至于另一些，它们叫你触摸，但那也只是一个牌子，一种命令。在齐白石或石涛的画中，你听见那画画的人在跟你说话，说他怎样想。但在这些艺术品中，说的话是印在画旁的标语，而且往往是：请勿触摸。

（一九七五年十一月）

强烈的个性

毕加索（Pablo Picasso）逝世后，电视上有个关于他的简短节目，介绍他在四几年的一辑画作，也拍出作那辑画的背景：地中海沿岸的风景、大海、古堡、街边摊子摆的生果和海产。毕加索当时在地中海畔一所古堡作了数量很多的画作。我们看镜头所示的单纯的摊子上的鲜鱼、刀子切开的西瓜，再看持画笔的毕加索背后的作品，可见他怎样把简单的题材用复杂有趣而又极有个性的方法表达出来。能够永远用新鲜的眼光注视单纯的事物，而又有充沛的创作力把它们作千变万化的组合与调和，正是毕加索的特色。

毕加索的世界是阳刚的，他绘画过无数风景和人物，他的世界确是那种阳光遍地的世界，仿佛太阳煌煌地照着，地上是粗石或沙砾，赤足的孩子奔跑过去，连影子也是白色的，炙热的天气，皮肤是烫热的，一桶水淋下去，不一会也照样蒸发掉了。人们踱过市场，有蔬菜和鱼的腥味，不是可厌亦不是芬芳，只是非常实在、毫无忸怩的姿态，人们一步一步地走过去了。

他的画作不是这么具体的一幅形象，但那些扭曲也同样的叫人觉得实在应该。笨笨重重的一个形象，倘若是一个笑话，就叫你开心大笑，不是那种刺得人不舒服的嘲讽。即使"性"也是一样，毕加索的性版画是大大方方的性，不是那种色情笑话式的性，也不是蛊惑的指指点点的性。他的古风画作中有诸神的淫乱，但没有现代人那种窃窃私语的性。

电视上放映那部短片，镜头对着他的画，轻快地上下摆动，跳跃不定。其实他的画有活力，却不是这种蹦蹦跳跳的活泼。他的画很强很稳，去年他九十大寿，杂志上刊出他一张照片，披一件金黄的袍子站在画室中，一副"虽千万人吾往矣"的气概，又像一个稳站在斗牛场上面对凶猛牲口的斗牛士，这小老头是精力充沛的。

他的活力充沛，表现在生活及作品上。他作画产量十分丰富，光是逝世前三年的新作，就有二百零一幅之多。几十年来的画作，相信共有一万多幅。他随手画下的速写等，更是不计其数。据说他不管是在餐室或什么地方，随手拿起菜牌或纸张来就画。

毕加索创作量多，但他受人影响实在不少，他的题材顺手拈来，对于古今名画家的作品，佩服的就索性吸收转化。他结过几次婚，他在艺术上也是个多妻主义者，只不过不是轻薄贪新，而是每个时期都是整个人投入去，改变了自己也改变了别人。他表现过许多不同的画风，却没有坚持画派，他立体时期的作品极有名，但事实上勃拉克才是更彻底的立体主义者。

毕加索千变万化，那么他的优点在哪里？我想我们可说是在他的个性。他就像一个个性强烈的人，不管什么别人说过的话也好，一旦由他说来，就染上了他的个人色彩。他是典型的西方人性格：外向、侵略性、无所谓谦虚容让的德性，他的画也是同样滔滔不绝。而我们欣赏他的画作，亦不过是因为这个强烈地暴露出来的个性中确有动人之处罢了。

（一九七三年四月）

表达情感的舞蹈

去看玛莎·葛兰姆（Martha Graham）在港表演的两晚现代舞，最喜欢的有两场，一是根据伊狄帕斯神话改编成的《夜旅》，一是《忏悔者》。

这些舞蹈，接近诗多于接近小说。比方《夜旅》，没有怎样叙述故事，只是集中在表现裘岂丝妲（伊狄帕斯的母亲及妻子）获悉悲剧后的复杂心态。另一晚的一场米蒂亚的悲剧，同样是在表现爱、妒忌、悲伤、命运等抽象意念，而不在交代故事。

使我惊讶的是，这些舞蹈表现意念、情绪和人际关系，表达得这么新鲜，却又成功。像《备战的庭园》，是男女爱情的纠缠，写出怀恋与背弃的关怀。这四个男女，可以是亚当、夏娃、亚当的旧情人与新的陌生闯入者，也可以是任何四角关系的男女，这舞蹈不是在跳出特殊几个人的关系，而是抽象也概括地表现了爱的关系。又如第二晚的《迷园的历程》，借用迷宫和怪兽的故事，说的却是恐惧的观念：一个人怎样克服恐惧。这些观念都是抽象的，但跳舞的人却好好地用具体的动作使我们触及了那感受，这就像好的诗，在不落言筌中先让我们有所共鸣，用一个新鲜的形式表现了我们共有的经验。

《忏悔者》有两面，一方面是几个人在街头演宗教剧，一方面是他们卸妆后在街头跳舞。我最喜欢的地方，是当那女子除下头上的黑巾，露出里面粉红的头纱，轻快地跳起舞来，那样单纯的喜悦，像早晨的鸟声和青草，是垒垒的黑夜积压后的舒伸。

《阿伯拉罕的春天》，在服饰和气氛上，都带有浓厚的美国垦拓时期的风味。是我比较没有那么喜欢的一场。

《夜旅》和《心穴》，则是希腊悲剧的现代化。尤以前者包涵丰富，以现代技巧，捕捉古典精神。《夜旅》把伊狄帕斯的故事化至最简单的骨干，而又像现代戏剧一样，尝试用最经济的方法说最多的话。这场舞中伊狄帕斯的一件外衣、一根绳子、台中仿如现代雕刻又仿如神坛的一件道具，都发挥了最大的效用。比如伊狄帕斯之被他自己的外衣纠缠，又如绳子把这双恋人连结起来但又使他们被缠绕而无法挣脱，还有先知持棒在二人后面俯视，都是充满丰富暗示性的动作。一群黑衣女子如黑蝶般掠过台上，先知双手持棒按着地面由台的一端跳到另一端，既带来丰美的视觉上的收获，也造成一种奇异大胆迫人的效果。

即使在古典的外衣下，这种强调表达人的情绪如喜悦、悲哀、犹豫、恐惧、绝望等等的做法，却是非常现代的。他们的舞步，可能融合了东西方的舞步，具有各种古典和现代的影响。他们的步伐和身体的扭曲，有时甚至不是一向所谓美的；只不过是情绪猛烈得无法用一个普遍的姿势来表达时，用一种强烈甚至扭曲的方法表达出来。在情绪的表达中，我们却也可感到编舞者对人生各种经验的丰富了解,不是卖弄技巧这么简单。

这些舞蹈确是具有不用言语甚至不用故事而可以与人感应的神奇力量。人的身体在活用时竟也可以是这么好的表达工具,只不过这种力量有时在现代社会中被人忽略而致消失罢了。

(一九七四年九月)

陌生人与亲人

彼德·西嘉（Peter Seeger）作过一支很著名的歌，叫做《花儿们哪里去了?》相信很多人都懂得唱。大意是说："花儿们哪里去了？女孩子采去了。女孩子哪里去了？到男子那里去了。男子哪里去了？他们穿上战衣了。战士们哪里去了？他们躺在坟墓中了。坟墓哪里去了？全盖满鲜花了。"

这支民歌的来源可叫人一下子猜不着。原来西嘉是从萧霍洛夫的长篇小说《静静的顿河》中获得灵感的。《静静的顿河》中引了一支古老的民歌，是这样的："鹅儿哪里去了？到芦苇那儿去了。芦苇哪里去了？女孩子采去了。女孩子哪里去了？她们嫁了丈夫了。哥撒克们到哪里去了？他们上战场去了。"西嘉根据这歌，就写出《花儿们哪里去了?》这一支歌来。

由一本俄国小说引的歌词，到一支现代美国民歌，这当中是经过了多少距离呢？而民歌可贵的地方也是在这里，因为它所写的都是基本的、各个民族共通的感情，因为它的表现手法都是这么单纯、朴素，所以它往往可以越过民族和国家的藩篱。

西嘉有一张唱片《陌生人与表兄弟》，听来特别有这种感觉。因为这次他在环遍世界的旅程后，在音乐会上演唱从各地学到的民歌。有德语、俄语、印第安语、苏格兰口音的英语，有愉快的歌、哀伤的歌……

比方其中有一支是他在苏联时从电台听到的，很单纯的歌：

> 但愿永远有阳光，
> 但愿永远有蓝色天空，
> 但愿永远有妈妈，
> 但愿永远有我。

多简单，但也多美。这是一个六岁小孩子写的。

至亲的是阳光和蓝天，是母亲和自己。这是一个孩子眼中的世界，也是只有民歌才允许的世界。澄蓝的天空中太阳照着大地，只要人们就这样唱着、愿望着，那便什么烦恼也没有了。

所以不管是一个苏格兰工人埋怨社会转变中一切由机器的力量代替了人的力量也好，德国士兵在集中营中的盼望也好，一个苏格兰青年战士的从容就义也好，都可以谱成歌唱出来，与更多人辗转相告。不管悲欢抑或哀乐，都可以是如此新韵入清听。

唱片中搜集的歌也不限于古老的民歌，有一支东非的歌，短短的：

> 天使，我爱你，天使
> 但我失败了，因为我赚不够足够的钱来买你做我的妻子。

这支歌，原来是当地电台上经常播放的流行曲。

只要是好的歌,不分古今中外,都可以收集起来,互相交流。这不也是一切艺术的目的吗?所以西嘉作了一支歌,叫做:《一切混合在一起》,这是一支"鸡尾歌",混合了几种语文的用字,但意义却是深长的:"我想我们这世界快要混合在一起了!""你看,我们其实全是表兄弟呢!"每个国家的人在日常生活中逐渐使用了外国的字眼;在不同的国家中,我们总可以找到一段相近的旋律。"你看,我们其实全是表兄弟呢!"

在这张唱片中,西嘉唱了卜狄伦的反战歌《战争贩子》,又唱了《谈原子弹》,但他也唱了轻松的《呃、呃、呃》,唱一个女子在新婚之夜不住地在床上说:"呃、呃、呃。不要这样呀,不是这样。"叫人听来忍不住笑。他有严肃一面也有轻松一面。经他唱来,一切感情,一切不同的歌,正如不同民族的人,都可以是相近的亲人而不是陌生人。

(一九七四年五月)

《冬暖》的细节

看《冬暖》，喜欢它现实生活中的细节刻画，那么丰富又有趣味。它拍摄都市中的小人物，或许不算写实，因为有些地方是美化了，坏人到头来也好像顶有义气；但这电影也有写实剧所无的故事性与趣味感，把现实题材加以提炼的处理能力。

《冬暖》不是朴素也不是含蓄。《哀乐中年》才是朴素，《董夫人》那样默默无言的恋情与节制才是含蓄。《冬暖》是新旧交替时代的小市民，本质有几分纯朴，但也会说几句新派的俏皮话，只是老实得不教人讨厌，也没有油腔滑调得过分就是了。既有婚礼节庆的嘻嘻哈哈，也有寒夜街头的冷清。导演的观察全面而又仔细，三两个镜头就交代了老唐太太的厉害，其他次要人物的性格也不含糊。老吴住在老张家而老张带女人回来的一场，或是海边打架的一场，有些地方处理得夸张，但阿金最初回来，碰到老吴的招牌回望他店中的时候，或是老吴望着洗过的衣服的时候，还有重逢的时候，都写得恰到好处。以前看《哀乐中年》，最记得其中一个细节：中学教员开桌子的抽屉，因为是旧桌子，每次都要推推抽屉才可以把它打开或锁好。这些细节的处理，可见导演的观察力。

而《冬暖》就像小市镇中亲切的杂摊，包含着许多小小的趣味与哀乐。是世故的人说一段故事，枝节丰富，不会叫你发闷。片中出现的包子、菩萨像、衣服、加在面上的盐，都尽量发挥效用，前后呼应，没有浪费。导演和编剧利用手上琐碎平凡的材料，编出一部亲切的电影。这就像片中的老吴，利用自己有限的经验和文字，写出"男人洗衣服虽不像样，也不能随便乱交予其他女人来洗"之类有趣而感人的句子。

(一九七五年八月)

祝　福

电影《祝福》现在看来仍然动人。大概由小说改编的电影，好的是可以更具体更精微，而坏的则是简略化肤浅化了。电影《祝福》是具体的，一些次要的人物，如四老爷、如贺老六、如柳妈和卫老婆子（电影中改作一较年轻的角色），都着实有了头脸；而它也是精微的，这些人物和他们举止的细节，织成丰富的戏剧。

小说或电影的艺术应该是细致的，这细致不是人们所谓的雕虫小技，而是对人生的全面感应，超乎定论的敏锐观察，到头来为了把这样一个生命表现得更深。比如《祝福》戏中的四老爷，屡次批评祥林嫂的时候都有他人在场，毫不顾忌地当着其他女佣人在背后骂她，这就显示他根本不尊重其他人，把人不过是当一件买回来的货物那样；还有他屡次一面教导儿子（例如叫他要坐得正，笔要拿得正），但一面就用迷信迂腐的想法去批评祥林嫂，这也有一个反嘲：本身不正直的人如何可以教导下一代正直呢？而另一个四太太的角色，跟四老爷有点不同，她比较接受祥林嫂，但我们跟着又发觉，她之接受纯粹是在实际的立场，因为祥林嫂可以一个人做两个人的工，来了以后过年不必雇短工，这给她带来现实的好处，所以她留下祥林嫂，但到了重要的关头，她也不见得为人着想，又如克扣工钱等，更见她的计算了。又如那个年青的中间人（卫老婆子的角色）介绍人完全是为了赚取佣金，为自己的好处；婆婆要卖祥林嫂，她也帮上一份，整个人是完全没有原则的。第一次在账房里她临走前说的那几句话，捧了鲁家、少爷、连另一女佣也不遗漏，可见她厉害，也可说是今日常见的捧场文章的经典之作了。又如柳妈，因为是吃素的，所以后来用鬼神之事来唬吓祥林嫂顺理成章，这倒是鲁迅原有的细节，电影至少把它活用了。

　　而我觉得电影写得最好的人物是贺老六，他在原著中只是淡淡的影子，但戏里却作了得体的补充。祥林嫂被捉去拜堂，求死而碰伤额角。贺老六一直觉得不忍，但又不知如何是好。他最后甚至答应把祥林嫂送回去，他的诚恳和关心，使自觉走投无路的祥林嫂自动留下来。这一场心理转变写得合情合理，为祥林嫂的第二次婚事提供了合理解释。对祥林嫂的描写，也让我们得见她感情的一面，使这人更有血肉。

　　戏中许多地方有伏笔有回应。例如孩子走出门外，例如村子里有狼，例如猎枪和花鞋，都物尽其用。四老爷的孩子烧爆竹，第一次祥林嫂教他用手拿着烧，第二次他自己烧，祥林嫂已经被迫沦落街头，这些细节的呼应，都可见用心。

　　好的地方是情理衬托，互相补足，不好的地方则是互相扞格了。例如电影发展下去，忽然到了祥林嫂储钱捐门槛的时候，又来一段旁白，说"于是这老实的女人就努力工作，储够了十吊钱……"之类。既然画面上已是她在努力工作，也看见她储够了的十吊钱，也看见她储够了钱交给庙祝，这些已经完全用画面表达出来，还要加上说明性的文字，不但突兀，反令效果打了折扣。

又如贺老六被迫还债，儿子惨遭狼噬，贺老六病死，全在一场中发生，也给人一个感觉，是故意把所有凄惨的东西砌在一起叫人感动。而且两个悲剧高潮同时砌在一起（原著其实有先后）各自不能更多发展，也互相影响了剧力（比如我们会对儿子的事感受更深，对贺老六死一场，剧力就觉淡了）。还有一个缺点是结尾拖得太长太散，相对之下，鲁迅的结尾淡淡几笔，不用言明，就使人感到那爆竹声音背后的孤苦，热闹幸福背后的可怜，是更感人更细致的艺术了。

（一九七八年五月）

影 响

保罗纽曼是有才华的。在电视上看到他导演的《加马射线对月球人金盏草的影响》,这么少几个人物,简单的情节,却深刻动人。这电影成功,得力于编剧不少。人物都各有特色,但并不特别夸张、不典型化。比如钟活华演的母亲,在厨房里呢呢喃喃,吸一根香烟,读报上的分类小广告,常常回忆当年,絮絮叨叨,不是一个尽责的母亲,但也不完全是坏人。她有自己的梦想,有时也对女儿内疚,想对她们好点,不过做得不好而已。这种不彻底,看来也合情合理。

片名说到辐射线对花朵生长的影响,这固然是片中小女儿参加科学比赛所做的题目,其实当然也另有所指。那盆盆栽里的各株植物,因为受到不同程度的辐射影响,即使在同样的阳光和水分下生长,也各自不同,有些盛放,有些枯死。我们通常总是把人的生长,比诸植物的培养。小孩的生长,更是容易受到外界的影响。片中两个女儿,在有缺陷的环境,不完美的栽培下成长,又受到外界不良影响,但结果一个女儿变得自私、愤慨、要报复、伤害他人,但另一个女儿却能保持善良,热爱生命。

我们往往会遇到许多大大小小的挫折,有些人因而变得辛酸，有些人仍然和善，种子是重要的、外界影响也重要，两者如何配合调节、作何种变形，更是各有不同。那母亲原是学校的风头人物，但后来在生活中遭过许多不如意的事，如丈夫早死，家境拮据，生活无聊等，结果只活在空泛的幻想和回忆中，做人变得现实而尖酸，否定美好的事物。大女儿活在不良环境中，也变成仇恨的植物。只有小女儿遭受挫折，甚至被母亲杀死了她心爱的兔子，最后仍然说："我不仇恨这个世界！"这真是难得。对于大部分不良环境挣扎成长的香港青年，这电影看来更有意思。

（一九七七年六月）

雷诺亚的午餐

　　法国电影的风格丰富多样，刚看过硬朗沉重的布烈逊，又看到雷诺亚轻快和煦的《草地上的午餐》。

　　这部《草地上的午餐》，拍得真像印象派的画作一样。那些树丛，深浅的绿色间漏下光影，那些阳光和草地，游泳和野餐的人群，古老的树干，丰盈的裸体女子，在微风中轻轻摆动的发一般的草，潺潺流过岩石的水流，拍出了自然之美，是大自然光影变动下的人间喜剧。

　　这故事的内容也跟自然有关。因为它的主角是一个发明人工受孕的科学家，他的一切，原都是站在与自然相反的地位。他是科学家，喜欢对事情发表理论，做事拘谨，讲究仪式，他的发明更是改造自然的发明。他的未婚妻是一位童军领袖，穿起制服，发号施令，似乎是那类没有什么幽默感的女子。一开始科学家与未婚妻的相会，也是凭借电视的冷媒介，没有温情。

　　然而这电影偏向这科学家开玩笑，让他在一次草地的午餐中，爱上一个天真自然的农家女。这草地的午餐也包含了对比，人家自然坐在地上，游泳玩耍，科学家一群人却穿起整齐衣服坐在椅子上，被一群记者包围拍照，吃也吃得不舒服。电影中有一个奇妙的牧人,像是牧神一样,吹起笛来,呼来狂风,把一群人吹作滚地葫芦,制造了机会,让科学家认识了农家女。跟着下来,科学家爱上这自然活泼的少女,在山上露营过夜,围着营火唱歌,后来更跟这少女回家,把原来那群人抛下了。

　　这电影是多年前的旧作了,但那种自然流畅又幽默的风格,却仍是那么吸引人;像一支牧歌,像一张美丽的印象派风景画,在这个充满电子音乐和图案式冷硬绘画的现代世界,是难得见到的声音和颜色。

(一九七六年四月)

女侍日记

深夜二时看电视上的《女侍日记》。里面有个上尉是怪人,不断吃园子里的花,吃了一种又一种。他自称是个创新的人,因为,"最初吃蚝的人不也是叫人反对吗?"他可不吃石头,也不是吃人,就是吃花。

看呀看的,看得我也肚子饿起来,想找点什么来吃。吃了饼又吃乳酪。呀,是了,窗前不是还有一盆盆的花吗?

雷诺亚的电影总是可爱的,有许多丰富的细节。他喜欢吃东西又喜欢健康的女孩子。(可记得《草地上的午餐》?)在《女侍日记》里那大胡子的男主人吃热热的烧饼又想喝苹果酒。女侍捧一个蛋糕晃来晃去拍得趣味盎然,还有,当然,还有洗擦地板(短短的一场)也拍得好像跳舞一样。

雷诺亚是温和的(杀鹅的时候镜头自然移到窗外去了),但这种温和不是面面讨好、没有原则的唯唯诺诺,他的女主角会对不公平的事挺身而出,比男人还勇敢。他的电影里有善也有恶。他的可爱不仅是个漂亮的姿势,背后会有深一层的东西。

女侍爱上少爷的题材也许是旧瓶，酒却不是杂牌的。安排在七月十四这个日子，另外加上了许多东西，但都是那么自然地渗透出来。女侍与少爷的和谐结合，相对于男仆对贵族的谋财害命。这是一个婉转的理想，带着希望为历史提供另一个可能。

　　也许，最好的部分，还不是那意念，而是那婉转。

　　电影完了，天还没有亮。是谁安排这奇异的放映时间，叫人看完这电视长片还以为不过是做了一个梦？

（一九七七年九月）

拘谨的与自然的

重看杜鲁福的《柔肤》，朋友说不喜欢最后那场，太太拿一根长枪，把丈夫射杀，未免太恐怖了。

我喜欢这电影。我觉得里面表现感情的时候，有两种姿态：一种是拘谨的，一种是自然的，互相衬托。

当然，这男主角本身是一个拘谨的人。他在飞机上偷看妮歌，在电梯里瞪着妮歌，都显得不自然，而且都是在狭小的空间里，有一种局促的感觉。但因为妮歌的反应很自然，所以当她答应他的邀约以后，他开心得从这个房间走到那个房间，扭开了所有的灯，即使固定的房间也变得不局促，阴暗的变得光亮，那种开心，也感染了我们。还有他们在酒馆中谈话，一谈谈到天亮，从小小的酒馆，走到外面黎明的街道，再回到酒店的房间，都拍得舒畅自然，从容不迫。还有妮歌用火柴盒留下电话，也是一个轻盈漂亮的手势，至于陪妮歌走一段路去上课，在机场巧遇妮歌，都是自然的，充满恋爱的惊奇。还有一段是他们想去旅馆，但客满了，他开车送她回去，到了她门前，她不想他上去，等他要回去她又叫他上去。这一段心理的转折，表现在动作上，他们走过来，转过去，再转回来，十分自然，仿如舞蹈一样。这男主角是个拘谨的人，他喜欢妮歌穿裙，妮歌不动声色，偷偷地换过了。只有跟妮歌一起，才可以自然配合。他在乡下小镇演讲，把事情都弄糟了，但在汽车旅舍中，却可以有一个愉快的早晨，如妮歌把餐盒拿到门外，猫儿跑来舐食，多么美丽。

这种感情上自然的姿势，正如默契或共鸣，某一种轻盈灵活的感应，可遇而不可求，最叫人欣赏。正如有时一个人遇到某一个人，可以如鱼得水；又或者两个人即使相隔很远，有时忽然可以相感，某一句话或一个姿势，自然触动对方，这是最难得的。

但男主角是个拘谨的人，他往往不懂得如何表示或接受这种爱。不是在电报上絮絮叨叨说我爱你——妮歌却是真正出现在机场上，向他走过来——就是迫自己坐在酒馆里听人瞎扯，把妮歌留在街上，只为了不懂怎样做。

又因为他拘谨，所以紧张、焦躁、不安。自然的意思是能感受各种变化，流露出真切的反应；拘谨却是从固定的观点看事情，不能随遇而安。自然是那潺潺的水流，拘谨却是固定它的关闸。因为拘谨，所以他的看法多半是固定的，喜欢她穿裙（穿牛仔裤就不能接受了），喜欢她摆出他心目中的姿态拍成的照片，要买一层楼跟她结婚把这关系固定下来。然而正是后者使她离开，正是照片造成悲剧。他仿佛要把水流固定，把飞翔的鸟儿握在掌中，把舞蹈的动作转成呆照，这样做，反而失去原有的自然。

男主角拘谨；妮歌却是自然的，可以迁就、配合、温婉，带出二人间美好的部分。男主角与他太太，却两个人都是那么的"硬碰硬"。即使他回家的一场，两人烦躁而争吵，周围是墙壁、桌椅、局促的空间，背景里海顿的《玩具交响乐》总像太响亮，太吵闹了。男主角的办公室（杂志社）也不自然不舒适，中间放一块镜子好像是与女秘书互相监视。打电话还要关上门。

所以片中的两种感情，一种是自然舒展，是美好而难得的，另一种却是拘谨笨拙，发展下去成为剧烈的争吵，固执地强要别人接受自己的一套，发展到极端则是伤害对方，执起一把枪把对方杀死。那枪支和大楼，予人粗重的感觉，把细致的感情杀死。我们每个人都憎厌杀戮，期望沟通，但真正自然的感应，得来不易，那种轻灵的美好可遇不可求，而往往轻易被毁，如柔美的肌肤。从道德的角度看好像很简单，一是一，二是二。只有从感情的角度看，才可以了解得多点。因为自然感应是如此美好，拘谨和束缚如此呆滞。

（一九七七年一月）

阿普阿雷阿土

去看萨耶哲雷的《阿普的世界》，一开场看到那破旧的房间、凌乱的被褥；从窗口望出去外面积水的街道、街童的嬉戏；出外经过楼梯时看见的一个正在绞衣服的妇人，把水都溅到楼下去了。看着这些，觉得十分亲切。香港也充满了这样的现实，不仅是徙置区的现实，还是一般中等家庭的现实，不管在号称浪漫或写实的电影中，似乎都不见有这么切实的透视，往往不是掩饰了就是过分夸张了，不知为什么缘故。

《阿普的世界》是萨耶哲雷的阿普三部曲之三，写一个印度青年阿普的成长。这三部曲和其余三部阿雷的电影，都会在复活节的萨耶哲雷电影节放映。这回香港这个阿雷电影节，是由土佬电影会办的。我们也可以说，拍片的阿雷和影片中的主角阿普都同样是个土佬。

阿普读书出来，不去设法钻营找份优差，反而巴巴地要写小说，靠私家补习维生，没钱就拿书去卖，跟朋友在街道大谈写小说的方法，扯开歌喉大唱特唱，可说够土了吧？至于做导演的阿雷，拍这些破陋的环境、平凡的人物，拍得朴实而又风趣，却没有加入暴力、色情或者玫瑰花，也不能说不土了。

可是这样的土真是土得好。不是说一两句土话的那种乡土小说，而是真真实实写各种角色而始终保持一份从容、不去哗众取宠的土。

阿普丧妻后抛弃所写的小说，到处流浪。结尾时是背起儿子走上入世的路。这段写得简略，作为一段成长的历程，这影片的后半部如能表现得更具体更实在，这土就可以烧炼成更精的陶器了。

（一九七四年四月）

活地阿伦

活地阿伦的魅力，一部分在他的反知识的笑谑，一方面又正在他的知识趣味里。他一方面讽刺人家大谈费里尼把口沫溅到他颈子上，另一方面又大开佛洛伊德麦鲁恒马古斯的玩笑。他时而在圈内讽刺圈外，时而在圈外讽刺圈内；他时而把严肃的话题滑稽化，时而把滑稽的问题严肃化，他的吸引力就在这大大小小的矛盾中。

活地阿伦反典型的美国中产阶级反得那么自觉而至他本人成了典型。他是死硬的纽约派，去到加州就要生病了。他的自嘲到了某一个地步看来简直像自我美化。他的人物何尝不是忠奸分明：代替尊福的剥头皮的印第安人，活地阿伦的坏人是读书太多只懂引用名人说话而对性爱缺乏兴趣的女子。

那些出版家派对、精神分析、乏味的清教徒父母，都是美国电影中烂得不能再烂的题材，问题是活地阿伦故意乐此不疲，他收集垃圾，而且总可以再想到一个新的笑话。代替了传统的夕阳秋雨，他的浪漫是捉龙虾与捉蜘蛛（所有生物都是爱情的撮合者），而且也有一连串烂得不能再烂（烂熟就会坏掉了？）的回忆倒叙片段镜头。活地阿伦在垃圾那儿加一点抒情。他的电影就像他说的生活：平凡、老套，我们有一百个理由挑剔,然后我们总又嫌它太短,怎么这样快就散场了。

活地阿伦自嘲到某一个地步变成自我美化。他的英雄是彻底反大只佬与反美男子的现代反英雄。他丝毫没有侵略性,不主动,是女子驾车送他回家及邀他上去喝一杯的。他害羞、紧张、对自己嫌恶、不肯定、没有信心。他仍然同样是把电影变成梦境,平凡人更易伸手可及的梦境。而且他总可以用一个笑话总结处境:"我不会参加一个连我也收作会员的俱乐部。"

(一九七八年六月)

差 利

这个默片中的流浪汉，摇摇晃晃的，这么脆弱却始终没有倒下来。他碰到这个，撞到那个，整个人像上了发条的玩偶、螺陀、充满弹力的皮球，拍到地上，弹到墙上，溅起一片泥浆。他送错鲜花，踢错了屁股，错误地落在翘翘板的另一端，世界倒霉的一角。他自卫又反抗，通常笨拙得一塌糊涂，没有阴险的计谋或愤慨的怨恨，至多不过朝世界不美丽的脸孔掷一个蛋糕，然后为自己的恶作剧捧腹大笑；朝玻璃掷一块石头，然后以修理匠的姿势出现赚一块钱。他的老实得不到好报，他的狡计通常不得逞，他总是被人追逐，被恶棍或警察、被这世界的不正义或正义所追逐，而他迈开八字脚，一趸一趸地奔走逃亡；有一次，他甚至被追逐得直离开了他的国家。

这个小人物和流浪汉，虚荣又老实、自卑又自大。但差利却不仅如此。到了某个限度，当这些小人物无法安然生活，过他们简单朴素的生活，差利也会讽刺机械化的现代文明、嘲弄一个把世界当气球舞弄在股掌之上的独裁者。他甚至从滑稽的默剧中正面发声，在《大独裁者》里用言语说出他的希望。

差利不是他片中的小人物，他又是他片中的小人物。他一定经历过，至少也观察及了解到，一个人平凡的虚荣和自卑、沉默的尴尬、动作的笨拙、对爱的渴望与退缩。看纪录卓别灵生平片段的《流氓绅士》，我们发觉现实的辛酸提炼成了笑声。他在现实生活被控，他的主角也给扯上法庭；他被人追讨金钱，他的流浪汉也被人迫得走投无路。这里有卓别灵的黠慧与苦笑，有嘲讽的愤慨亦有和善的幽默，但更多的是观察与感情。他能向演员教导每一个动作，正因为他是带着爱意深入观察日常的动作的：一个少女的眼神、一个男子的沉默、与所爱的人的手的接触、机械操作的疲倦、想吃糕饼的饥饿、人与人的敌意、小人物的腼腆、大人物的势利……他是经历而有所感触、观察而有所感受。现实中流产的婴儿使他假想的婴儿在电影中出生，现实的挫折使他在电影里寻找人与人之间更大的善意。在现实中，他遇过那么多诽谤和杯葛，他让那既是他又不是他的小人物在银幕上扮一个鬼脸，朝恶棍背后踏一脚，然后又扶正帽子，继续走一段路。

（一九七八年　月）

如此演戏生涯

我是相信报应的。上一次批评过实验电影，结果就惨遭报应。

有一个朋友，说要拍一部实验电影，找不到人演，好像很惨的，结果就找到我身上来。听说什么也不用做，只是行行企企，谈谈笑笑便算。我一时心软，结果就答应了。

结果呢，到了那天，才发觉完全不是那么一回事。导演说：你的衬衣不行，要换过另一件！我只好换过另一件。导演说：你去打羽毛球！我只好去打羽毛球，打得满头大汗，只见摄影师拿着摄影机，虎视眈眈的，也不知这算不算拍电影，拍得满头大汗。也不知怎的，才发觉这已经算是拍了一场。

然后导演说：走路！于是便走上走下！走上石级走下石级，横走竖走，走得不死不活的，不知道人家已经拍完了。

过一会，好了，拍一场有剧情的。

导演说：要笑！这才发觉十分困难。笑不出来，不知道怎样好。这才发觉：自己实在不是做演员的料子。可惜，后悔已经太迟了。

当摄影机器开始了拍摄那一刻是最寂寞的时刻。我们都那么孤立无援,不知如何是好,好像那么多人瞪着你,而你整个人不知搁到哪里去。好像那么多部分不受控制,不知该如何笑,如何不笑,更不用说有什么表情了。

结果是大家辛苦。导演变了云吞面导演,说要睡觉去了。我也又累又饿,又想睡觉。

唉,到了最后,导演还要说:"早知这样,不如找阿牛仔演哩!"

早知这样,我也不来演了。不过,这到底是一个经验。以后也不会做这样的事了。

(一九七五年十月)

燃不着的烟草

在设备简陋的课室,看租回来的《彩虹仙子》。原先不知怎样,看下去却发觉有些地方意外得好。

我喜欢那些童话味道的部分。一个金盆,有三个愿望。精灵粉一株树、哑女用跳舞来回答问题、一个白人忽然变成黑人。那么奇妙。在童话中,一切不可能的事情都可能了。

但我看看周围,又有点担心。人来得这么少,有这么多空椅子。是人们不喜欢这部电影?还是根本知道的人不多?是人们不喜欢这些讯息,还是这些讯息根本还未能传到他们那儿去?不管怎样,总有些地方是出了问题了。而即使来了,看见没有片上中文字幕,又有机器的故障,简陋的银幕,这一切,要打了多少折扣?真正传到心里的,不知有多少?我不大听见有人发笑。

然后,我听见片中的女主角对她爸爸说起她的男朋友:"他呀,就像你一样,也是个梦想家呀!整天在弄着那些燃不着的烟草。"这女主角的爸爸,到最后还要去找寻芬恩的彩虹,而她的男朋友,与人合作发明新的烟草,尝试了一次又一次,不是燃不着,就是燃着了,却没有烟……

我不禁失笑了。这样一次又一次的。

一卷胶片完了，又陷入换片的黑暗中。我环顾四周，仍然是那么多的空椅子。已经不是第一回了。人们不来看这部免费的电影，是因为冷、因为忙碌、因为忘记了？还是根本不要看电影？

　　片中最后烟草燃烧起来了。但这是个童话，只有童话故事才会这样顺利获得结果的。

（一九七六年一月）

傻大姐

一口气看了丽莎明莉妮的两部电影:《三月情花开》和《歌厅》。

她在这两部电影的性格,都有几分相似。都是一个爽直、善良、主动而不忸怩的女子。都是出自一个缺乏爱的家庭,一直想找寻她自少缺乏的爱。在《三月情花开》里的她,不愿回家,因为家里没有人在,她说谎说跟父亲一起吃饭,其实并无其事。在《歌厅》里,她说父亲是大使,常常赶来看她,其实也是没有这一回事;她约了父亲,他没有来,只是来电报罢了。

在家庭中没有爱,往往在爱情中要抓得更紧。《三月情花开》的她,要爱便爱,比男孩子更爽快;《歌厅》的她,更带几分风尘味道。在两部电影里,她遇到的男孩子都较内向,《三月》的男孩子更嫩,两部电影她都是怀了孩子,都是见对方犹豫害怕负责任,就自己去堕胎,两人之间的爱情也默默告终了。

《歌厅》想说的题材较大,相对来说,在男女之情方面,《三月情花开》写得更细致更深入。她的感受、她的失望、她的无可奈何,都给人很深的感受。我特别记得一场:是她伸手去推木门围成的围墙，推不开任何一扇门，就这样坐倒在黄叶堆中，躺下去算了。

《三月》片中的婴儿，其实也没有很详细交代，或许根本是不存在的，只是他们之间爱情的象征。起先以为有的在那里，那么实实在在的，后来却没有了。那男孩子也不是坏人，只是彼此那么不适合，最后丽莎笑笑地点头，后来又在车上迷惘地回顾，但也忍着辛酸。

演这个爽快善良而到头来总可以咧开嘴笑笑的女子，丽莎明莉妮胜任愉快。她虽以《歌厅》获奖，《三月情花开》里的她却更出色：虽然爽宜，还有点柔和与犹豫，仿佛性格还未塑定，还像一个新鲜的三月，或是一个星期六的早晨。《歌厅》里却硬了许多，大有"老娘如何如何"的态度，虽然仍然能笑，但那傻里傻气的样子已有一点定型，细致的地方没有了。到底是她演得不够好，所以爱情故事没有那么感人；还是剧本中写情的部分不够深入，所以也令她演得没有那么好？

（一九七五年一月）

恋爱中的女人

有些演员，因为某部电影，叫我们留下深刻的印象。《雌雄大盗》的菲丹娜蕙，一举成名；《电视台风云》的菲丹娜蕙，夺得金像奖。但我特别记得《秃鹰七十二小时》的菲丹娜蕙，那部电影是个意外，导演在拍间谍片的时候，放肆地加入一点浪漫；这部电影中的菲丹娜蕙流露出不常见的另一面。

是当她早晨出来，穿着晨衣，带着爱意走到罗拔烈福身旁，我们才发觉原来她是美丽的。有一点温柔，有一点笨拙，有一点俏皮。原来的冷漠面具宵来已溶化了。当她顽皮地说他过去的恋人："她是自愿还是像我一样被掳的？"她就完全像一个恋爱中的女子。菲丹娜蕙，过去我们总是见她坚强和狂野的一面，我们知道她是《雌雄大盗》中的大盗邦尼，是《浴血黑虎山》中粗野如男人的女子，却是一直没见过，或者没留意，这柔和的一面。

电影另一场，在逃的罗拔烈福跟她坐在车中，叫她协助侦查某人。然而，这恋爱中的女人，在下车之前，先翻上她漂亮的白色冷帽。真有意思的细节。我想，这导演在连场追踪暗杀中，还念念不忘塑好这个角色，不协调地花许多菲林来衬托她的摄影和她的恋爱，渲染她的举止，这导演真是个浪漫的家伙，或许他也爱上了菲丹娜蕙吧？

而当然，最重要的是，菲丹娜蕙一定是个懂得爱的演员吧。《大绑票》的甘蒂丝褒曼也是演一个被掳去而跟掳她的人发生感情的女子，可是我们的甘蒂丝的坚硬却是像脸上垫了铁板，恋爱不恋爱也没有什么变化，一副捍卫国土的勇士模样。她不能像菲丹娜蕙那样，演出那些起伏、那些坚强中的柔和、冷漠底下的爱意、常则中的意外。

（一九七六年四月）

时流上的造像

第一次看到杜芬妮西历是在《去年在马伦伯》，在那些冰冷的雕像和浮雕的墙之间，骤眼看去如一尊石像，其实却是彷徨于丈夫和情人、过去和现在之间。仿佛有些什么在过去的时间中发生了，记忆纠缠着她，叫她徘徊不已，欲去还留。

跟着下来，《缪里爱》的她，是一个渴望回到过去，寻回过去的爱情的妇人。她活在古式的家俬、厚重的回忆和逝去的歌声的旁边，但过去却早已溜走，伸手也抓不回来了。

她总是像与时间有关。时间逝去，再见时她已老去一点，偶然憔悴一点，但却同样温柔和敏感。她是《仙履奇缘》中的仙姑，像凡人那样贪漂亮，爱闹别扭，自得其乐地在人间施展女性的小小诡计，并非完美如石像的神仙。

《偷吻》的老板娘，对于爱慕她的少年，宁愿真实的人与人的接触，不要被当作偶像崇拜的虚荣。她说自己也像无数平凡的女子那样在鼻子上扑粉然后出门去。时间使人谦虚地接受平凡，时间使人放弃虚假的形象。

最近在《傀儡之家》又见到她。她是基丝汀，在悠长的时间中失去了丈夫和财富，但却没有变得辛酸。对于娜拉恐惧的高士达，她以感情使他感化。她对人的一份信托和敬重，使对方在爱的欢愉中撤去旧的仇恨。她的样貌看来经过那么多事,但却不愤慨也不油滑,而是更加纵容。对人了解,所以无怨;对于暴烈,报以温婉的笑容。

老去的杜芬妮西历,温柔的杜芬妮西历。时间逝去,缠绕我们又改变我们。有人被时间击败,有人在时间中成熟。

(一九七五年八月)

独舞的人

你喜欢看尊特拉华达跳舞吗？我不喜欢。

你看他全套武装，有条不紊，好像是准备上太空探险或者往战场打仗。他极度清洁，头发一条条梳得整齐得不得了。他换了衣服不容沾污，甚至不愿进食，围上一条围巾以隔绝于父母每日吵闹饮食殴打的生活方式之外；这有血有肉的活剧，他不愿沾个边儿。他的舞蹈也是一种没有接触的舞蹈。他的舞蹈是个人表演，注重姿势与花款，并不是沟通或交感。他的舞伴往往是崇拜者，是观看他表演的人，并不是与他共同呼吸共同进退的人。他的舞伴往往是那种问"你的床上功夫像你跳舞一般出色吗？"的少女（老天！），或者是貌寝而无限仰慕的女子，而他就好像施恩地与她共舞。他是自我中心、自我欣赏的。

我看《周末狂热》发现不到狂热。尊特拉华达式的舞蹈虽然似"狂"，却是没有什么热情的。他以招式取胜，形式重于内容。一般年轻人周末到的士高去，是去癫狂、去投入、去浪漫或者去忘记自我。《周末狂热》这个主角，却是极端自觉的，他走下舞池，人潮立即分开，仿如摩西走进红海。他极端自觉四周欣赏与艳羡的目光。他的舞不是与舞伴共舞，是个人的独舞,是一种表演。他扭动与旋转,是计算过、排练过的,不是即兴的感应,不会有突然而来的热情。他的头发由头至尾没有凌乱,永远那么光滑。所以在表面的狂热的幻象之下,他其实是冰冷、保守、规矩的——所以到头来选择妥协作为目标。他的舞尽管看来似有性的曲喻,总之无实际的性的感觉,是意识上的影射而没有实际的接触。这个跳舞的人,面对周围的人,跳一种并无实际血肉接触的舞。

(一九七八年六月)

清白者

这次电影节的电影中,最喜欢《清白者》。

这电影好像娓娓说一个故事。故事谁不会说?可是一个故事一旦说起来,自不免表现了说故事者的态度,他要卖弄的东西,或者他要硬编派上去的教训。那样的故事我们听得多了。若要把一个故事说得清明,在转折处层层揭出内里的阴暗,发展出新的戏剧,自然地在没有道德训诲的地方探讨新的道德,这可不容易。这电影却正是这样。

故事是一个很平凡的故事。丈夫爱上一个女子,妻子在孤独中也爱上一个作家,并且与他发生关系。后来丈夫再度与妻子复合,但妻子已怀了作家的孩子,丈夫终于无法忍受,又妒又恨地把孩子杀死。

故事平凡,是处理的态度不平凡。如果迂腐一点的导演,会批判太太是出墙红杏。新潮一点的,又或许借太太来阐释妇女独立的真理。要拍推理片,大概又是查出谁是杀婴真凶了。但这片中,甚至最后丈夫自杀,也并不是因为畏罪。

这部电影一方面是超乎道德的。我们看下去,对太太会愈来愈同情。她即使怀了别人的孩子,我们的感觉是她仍是纯洁的。(电影中只有她和作家两人分别赤裸出现过,丈夫却总有衣饰。）她仍有热情，能爱人，能爱孩子。相反的是丈夫，他后来一段时间，在表面的道德上好像没错，但他却是那么阴郁和怨毒。他似乎要判太太的罪，其实他内里的问题更严重。

这电影表面没有说道德，其实又自有标准，深入一点看问题。这丈夫是一个无神论者，他认为无所谓天堂地狱，只有今生；他认为没有更高的力量可以制裁他，凡事只有自己作主。对这样的人，如果只以宗教或因果的观点去批判他，显然不合适。

这丈夫否定神的存在，他自视为他那狭小宇宙中的神。所以他要裁判他妻子，又夺去妻子与别人生的儿子的生命。他根本不相信来生或地狱，也无所咎虑了。我们说妻子是清白者，但另一方面，丈夫何尝不也自视为一个"清白者"？

对这样一个人，导演对他的批判即是现世的。他逐渐不能去爱，失去热情，眼中充满怀疑，整个人变得阴郁。折磨他的，不是报应的地狱之火，而是现世的不安，心中的荒芜。最后他也没有爱，也没有关心，也没有强烈的要活下去的热情，当生活开始只变成存在，他有自知之明，索性一枪结束自己的生命了。

看维斯康提这部电影，我仿佛看到一个老艺术家对现代人放任自私的想法，轻轻地摇头叹息，说他并不同意。但显然他的可贵是并非重提一套旧道德作为解答：他稳重睿智，在混乱微妙的现世情势中暗示新的准则，态度有一种成熟的风采。

这部电影是维斯康提的遗作，在里面，我们看到他对死的处理。电影中有三宗死亡。婴孩是根本不能作主的,还没有自己的思想和行动,受制于人,对生命不自觉,他是一个被牺牲者的死。丈夫是一个有思想的人,但是他的热情干涸,无能于爱,自私的生活只落得孤绝的下场,终于自觉地毁去了这无意义的行动。作家的死却有不同,他像一个普通人,有爱的热情也有创作,并不愿意死去,却给死神夺去了生命;但另一方面,丈夫的口头诋毁不见得能损害他的创作,杀了儿子也不能杀去妻子对他的爱。

在这遗作里,维斯康提对生命带着一种怀恋的眼光。对爱与创造,又有一份相信死亡不能毁去的信心。

(一九七八年七月)

表　里

父与子

　　那儿有一所小小的茶餐厅。有时我早上送稿回来，会走进去喝杯咖啡或奶茶，歇歇脚。在冷天里，喝杯暖暖的东西是很舒服的。里面总是坐满了人：附近工厂的技工和女工，早一点会遇见母亲带着几个上学的孩子，晚一点则满是买菜的主妇。有时还有几个孤独的老人，默默坐在一角看报。

　　年纪大一点的，总是呆呆地坐着，看看报，有时呆呆看着前面，不知在想什么。小孩子刚好相反，吱吱喳喳说话，不断问这问那。有时有些睡眼惺忪，好像刚给妈妈从被窝里挖醒过来，但过一会，吃了点东西，就活泼过来了。

　　这一天早晨，我又看见一个小孩子，大概两岁左右的样子，还不大会说话，但他的眼睛却很清很纯，骨溜溜四边看。他旁边是个胖胖的汉子，大概是他爸爸。他爸爸正在看报，这天是星期六，每个人都在看赛马消息，这爸爸也在看。他唤了份早餐和一杯阿华田，把早餐的通心粉放在孩子面前让他吃，然后就自顾自看起报来。

　　这孩子吃了几匙，就没有兴趣吃下去了。他忽然发起蛮劲来，用力把匙敲到盘里，盘中的汤水溅起来，溅到他爸爸身上和报上。他看他一眼，放下了报纸——在这一刻，我突然对这男子产生反感。我忽然想起那天有几个主妇大谈麻雀经时,因为孩子闹事就把他打一顿的事。现在,看来这男子显然也是想教训他儿子一顿吧。因为自己的赌博,就不理会孩子,真是自私!我在心里诅咒着,不料这男子放下报纸,折起来放进口袋,他温和地端走那碟通心粉,把阿华田移到孩子面前,说:"让爸爸喂你喝阿华田吧。"然后就一匙一匙细心喂孩子。看见他仔细用心的样子,看见他望着儿子的笑容,我不禁为刚才的猜测惭愧了。

(一九七六年二月)

小孩与蚊

　　小孩站在灯下。一只蛾飞进来,飞过面前;他仰起头看,它却只顾飞往灯光那儿去。

　　过一会,它兜了一个圈,再飞下来,绕着孩子身边飞。有一次它的翅膀甚至碰到孩子的手臂,孩子感觉到了,伸出两只又胖又短的拇指和食指,但它却早溜走了。

　　孩子刚学说话和走路,还没有桌子那么高。他仰起头,看着桌旁的大人,要他们给一个解释。

　　"蛾!"大人说:"蛾,蛾!"

　　孩子听了,用心地跟着说:"呵!呵!"

　　大人说:"是蛾!"

　　当那头蛾再飞下去,孩子来回摇动短短胖胖的双臂,还不断说:"呵!呵!"

　　但那蛾没有理会他,再围绕灯光转了几个圈,然后就向窗外飞出去。只留下孩子不解地站在那里。

　　过了一会,有一只蚊子从窗外飞进来,孩子起先看不见,等他看见了,就好像认出一个朋友那样高兴地说:"呵!呵!"

　　桌旁工作的大人回过头来,看见了就说:"是蚊,不是蛾!"

但小孩并不明白这有什么分别,仍是"呵呵"地说着。

蚊子想飞近孩子白嫩的皮肤,他并不晓得避开,反而举起手迎上去。但蚊子并不知道,它被大人用掌击过,以为孩子也来赶,心虚地飞开一点。孩子挪动笨笨的脚步,追过去。他追,蚊子更飞远了。孩子摔倒在地上,没有哭,又再站起来。蚊子飞近,见他举起手,连忙又飞远,最后也从窗子飞出去了。仍留下孩子站在灯下,望着窗外。

(一九七五年五月)

阿　以

阿以只有岁半，不懂什么是"我"、什么是"你"，也不懂说自己的名字，听得多了，只拣自己名字中的第二个字来说。但他对自己叫什么也不清楚，只是糊涂地站在衣柜的大镜前面，瞪着自己笑，然后就傻乎乎地"阿以，阿以"大声叫起来。

阿以在家里又吵又顽皮，到了外面却害羞起来。他在超级市场或公园里跑来跑去，碰碰这，碰碰那，可开心了。但遇上陌生人，即使在家里，也换了个样子。他喜欢伸出手去摸别人的下巴，口里说："须须。"但对有些人，他从不敢伸手出去；另一些人，他又要犹豫才伸手。

他喜欢同龄的小孩，但要在亲戚或朋友家才会遇到。他遇到他们的时候，总是热情得过了分，有时瞪着人家，有时抱着，若在家就把一切玩具都搬出来，有时又乐极忘形地跑来跑去，跑得"上气不接下气"。

阿以跑起来笨笨的，没有别的孩子那么精灵。有时我们骗他，把东西收起来，但他瞪着那么纯澄得好像什么也相信的眼睛看着我们，结果还是不忍骗他了。

他的手那么小，有时走过来，拍拍你。叫你觉得他好像想说什么。有一次家里没有人，我负责把阿以送到外祖母家去。那天天色灰暗，在车上他不知怎的紧紧地抓着我的手，瞪着外面。外面的世界是一张巨大的胡子的脸，他不知敢不敢伸出手去。

（一九七五年十一月）

赖 床

　　孩子不愿意上学，躺在沙发上不愿意睁开眼睛。一个软绵绵的糕点，抬起了头掉下了腿，抬起了腿，头还是贴在那里，拉不开来。轻得没有骨骼的布娃娃，扶正了又向另一边歪倒，拗弯了让它坐，却弹平了躺下去。搓湿了的泥巴，黏着沙发的平面，用力扯起来，仿佛会连椅脚也一并弹起。那份沉甸的重量，是孩子连起了沙发、连到地板，连到整幢大厦、连到昨夜沉沉的睡眠，没法一下子拉起来、一下子连根拔起。

　　湿冷的毛巾抹过脸孔。头连忙翻向里边，在沙发下陷的窝里，脸孔是鸡蛋碰到鸡蛋。鸡蛋是温暖的，敲开来是一个太阳。太阳还未升起，早晨仍然幼嫩，不愿意张开眼睛，看外面开始行走的车子和尘埃。

　　手伸起来，伸一个懒腰，小小的拳头，推开电视机新闻报告中的成人血腥。头在窝里左右摩擦，不要听撕票和抗议。头发凌乱，鸟儿潮湿的羽毛。早上清润的啁啾。头在窝里左右摩擦，找一双更大的安全的羽翼。

　　汽车在窗旁开动马达，又咳嗽又喘气，整吨痰在喉咙里开会，不依程序，互相打岔，记录的在敲桌子，不知如何下笔。孩子用脚撑开骚扰。小小的脚上穿着短裤和长袜。一横一横的长袜。深色浅色。踏着不存在的水车，给梦发电。双脚是风中的稻草人，赶开啄食他的睡眠又要告诉他白日已经来临的那些乌鸦。

　　颈项和面颊的线条柔软，是那软枕中的千羽世界。又热又软的面包和无数盒中的糖果，不用挣扎和哀求即可获得，叫他在梦中磨牙。他现在再翻一个身，推开随白日而来的争吵、幼稚园中的殴斗与受伤。他的呼吸沉重，已经匿回窝里。稍一碰到身体，惹起一阵羽毛的哆嗦，眼睛闭得更紧，避开更强的光线、更响亮的声音。

（一九七七年）

烧鸭师傅

从郊外回来的路上,已经是黄昏的时间了,正说着到哪里去吃晚饭,朋友忽然说:"我带你们去吃烧鸭吧。"再过一段路,他便把车子驶入一个路口。我们望出车外,只见路旁尽是废木和石子。这么荒凉的地方,那里像是精美食肆的所在?

他带我们来到一所简陋的小铺,这里看来与郊外其他小铺没有什么分别,不同的是顾客比较多,木台都摆到外面树荫下了。狗儿在逡巡,而脱了毛的鸭一大串挂在树下,朋友正在说烧鸭师傅的事迹:"人家见他生意好,叫他扩充业务,在旁边开多一间,他就是不愿意!外国又有人愿出重金,请他去作厨师,他也拒绝了!"

我们抬起头,可以看见他在店内切烧鸭和烧鹅,买外卖的人围着等,耐心地看着那烧好的美食。他是一个看来平凡而沉默的中年男子,专心做他的工作。是什么使他放弃了发展的机会,自足地守住小小的铺子?

朋友最先在马湾附近钓鱼,发现了这风味独特的铺子。

"有时我们人少,叫一只烧鸭,他就摇头,说:'半只够了!'他总像是不以多做生意为意。"朋友继续说下去,"这里的烧鹅饭也是顶便宜的,有那么一大碗。附近的工人都到这里来吃饭。"

　　这儿招呼客人的是他的女儿,炒菜的是他的妻子;他就像在自己家里,整理盆栽或是修理窗户,把自己的工作做好。他过一会就走到后面的烤炉旁,掀开盖,把挂着的烧鸭转过身,又留意那火候。他那么熟练,好像对他的手艺充满信心。一炉鸭烧好了,他又把挂着的另一串生鸭放进炉里,他做得那么仔细、缓慢而且认真,叫我们觉得,他自有兴趣在其中。新鲜烧好的鸭子立即切开,分送到许多张台上。来惯的熟客,远道闻名而来的稀客,举起筷子,同声赞美。当我们看到那鲜明的颜色、尝到那些美味,更觉得他有他的意思了。

(一九七六年四月)

饼店老板

那一回，上不成课，大家说去喝茶，一位朋友说："你们去过那间饼店吗？"便带我们去了。

那时我们刚看过一篇不知是谁写的短文，知道有这么一个地方，充满旧式的朴实作风，还有一个快乐的老板。我们都没去过。那儿看来就像一爿平凡的地痞茶室，不是豪华的大餐厅。大餐厅的奶茶，盛在美丽的铁壶里，像我一位朋友说的，只是"染色茶"。大排档和小茶室的奶茶，反而美味。而这儿，称作饼店，因为它有自制的葡萄牙饼食，在近街的橱窗里，顾客自己出去选了，盛在碟子里拿回来。有黄豆糕、椰汁糕、咖喱角，有许多黄黄白白说不出名字的小饼，味道是好的，价钱却很廉宜。

因为别人提到快乐的老板，我便特别留意一下了。我看见他站在那儿，普普通通的，没有什么特别。但我立刻警告自己，不要妄下结论。人家十年观察结果，我们往往会喜欢凭一眼否定，表示失望或大喊货不对板，一个人总是那么容易挑剔，随时摇头说不过如此。我们且不要这样吧。

后来我又去了几次，经过尖沙咀，到处都是繁华的景象，好像没有可以停下来歇脚的地方。在游客区，那条街正在修路，太阳下烟雾蓬蓬涌起，一连几间一式的鞋店，门前堆满了鞋。楼梯口那间，一个外国女人正在试靴子。走过几幢楼，仿佛是另一世界，像是古老日子遗留下来的痕迹，这旧式的饼店。

  我还没有看到那老板很快乐的样子。但别人告诉我以前这饼店的事，老板的样子很和蔼，伙计与顾客之间很自然，没有什么紧张。顾客总是很多，奶茶很美味，饼食丰富；在逐渐变成一律化的店铺中，它保持了自己的特色，愉快而自足地生活下去。因为朋友的带领，我们又多认识一个地方，然后我们又再告诉别人：多去几次，仔细观察，逐渐就会发现那老板真是快乐的。

（一九七七年五月）

满口袋都是纸条的人

可惜我没有他的照片，不然即使从隆然的口袋中你也可以看出里面其实塞满了纸条，那些写在零星的废纸上的备忘，那些急促地记下又立即塞进口袋的几行字。在平时，正在做一件事情的时候，他会心不在焉地记下一些什么，好提醒自己过一会去做另一件事。他的口袋里充满了计划和梦想，结果却未必兑现，或是像一团废纸那样揉皱了，或是在掏别的东西时掉到地上了。

一个做事井井有条的人把一切记在桌上的备忘录上，一个善忘的人干脆把一切抛到九霄云外；满口袋都是纸条的人却是介乎两者之间。是那种本性散漫、而又不忍不负起责任、喜欢自由自在的生活、而又不得不工作的人。

这样的人，是那种做事没有计划、说了一次又一次要改而结果却总改不了的人；是那种到最后一分钟赶起工作的人；是那种尽力去做、结果还不免常常把事情弄糟的人；是那种在工作时吹口哨、开业务会议时忍不住在文件上画上花朵的人；是那种握有权力而唯恐摆架子、不知该怎样指派人做事而结果宁愿自己去做的人；是那种每天中午走到街上不晓得到哪里去吃午饭的人。只用纸条匆忙记下要做的事，是因为不甘心任琐碎的东西整天霸占脑袋，而却又不愿放弃一切不管，是一种成熟与不成熟之间的矛盾态度。

潇洒的人可以什么也不做，弄权的人以摆布人事为乐；这样的人却总像是不得不地做着事。于是世故的人嫌他不够世故，潇洒的人则又嫌他太世故了。他其实懂得世故，但却不愿做；或者有时愿做，却又不懂怎样。于是就只是笨拙地赶着记下一两点计划，在前面打下星号，到真正做起事来，却又耽于风景，或是与人闲扯半天，反把正事都忘了。他在舟车劳顿中偷空记下几行美丽的句子，过后却翻遍衣袋不晓得放到哪里去。

这样的人常常找东西，或是赌誓要改变散漫的生活。他的抽屉里尽是写了一半的复信、遗忘了的税单、开了头的小说，更多的是零零星星写满计划的字条，他是一个有眼光的空想家，那些计划都是精彩的计划，但因为遗忘或是因为疲倦，到头来都只是写在纸条上而已。

（一九七五年五月）

逝 者

坐在过海小巴上,夜深了,车子停在那里,等最后一位客人。我身旁坐着一个黑衣老妇人,头沉沉垂下来,好像十分瞌睡了。

车子还未开。我从书包里翻出借来的克瑞利的新书。嫩黄色书本封面有深红和蓝色的图案。内页的插画,像是影印的照片,看来有点朦胧。

所有那些围绕在四周的动作

既看不见也

感觉不到,而是不断地

不断地听见。

我望出去外面黑沉沉的世界。这时车子已经开行了。那些看不见也感觉不到,然而却是不断地、不断地叫我们听见的,是什么呢?车子转上天桥,驶近隧道。在晃着灯光的车厢外面的无穷的黑暗中,充塞着一些怎样的动作呢?没多久,车子就驶入隧道,进入一片仿佛凉沁沁的灰绿色之中。

过了隧道没多久,身旁的老妇人就仿佛从沉睡中醒来,唤了一个模糊的街名飘然消失了。没隔多远,上来一个年轻女孩子,穿着浅色衣服。

她向我打个招呼,我立即认得,那是以前教的那所学校的学生。刚毕业的时候,我在郊外一所英文书院教过一年,教的是西史,全校的西史,由中一至中五的,都包办上了。

她笑着说起学校里的事情。我离开那儿已有五年,她毕业也有三年吧,现在也到这城市来,并且开始工作了。她说着学校的改变、人事的转动,然后她忽然说:"你晓得么?辛先生过世了。"

什么?我不太相信自己的耳朵。

"我不知道。"我说,"他这么年轻……"

她只是笑笑,点点头,好像那是许久以前的事。

"他跟一位学生结了婚,你知道吗?"

我是听说了。

这逝去的消息给了我很奇怪的感觉。并不是我跟辛先生有什么很深的关系。坦白说。并没有。而是他一向给我的印象是十分年青,即使比我大一点,恐怕还未到三十吧。这样年轻,叫我从来没有把他跟死亡连在一起想过。

"是病死的。"学生悄悄地说。

我没追问是什么病。我对那症候并不想深究;相反,一种无常的感觉像涟漪那样扩散开来。尤其奇怪的是,这感觉是由一个我平素没有很深感情的人那儿传来的。我只记得,有时早上我们一起乘车从九龙到郊区的学校,在车上也会彼此扯谈。只是,那是我出来做事的第一年,对于他那样聪明而实际的人,没有太多好感。他教的是理科,学校里握权的是校监和校长,我那时对于有权势的人带着一种近乎偏见的厌恶,看见他嘻嘻哈哈地混得颇有办法对他的实际能力颇有一点怀疑。其实他也没有什么，也不过是像我们常见的一些香港人，念书的时候有办法找到考试贴士，懂得门路申请不同的奖金，容易博到上司的好感，贪一点便宜，懂得取巧，又会说一两句讨好的话的那种人……

但到头来，这又如何呢？

过去的事情也记不清楚了，只记得后来他们理科的圈子有了是非，有一位先生被辞退，而辛先生留下来，而且脸上的神情益发得意了。当学期告终，我们没有留下，只有辛先生留下，而且听说升了主任。他在学校附近住下，就像其他年纪比较大的主任一样。过了一年，就听说他跟班上私下补习的学生结了婚。

现在想起来，与他同事时的恶感都远了，隔着这么一段距离去看，只有一个感觉：这么一切刻意的经营到头来又如何呢？在某方面来说，他是个努力而聪明的人，但也仿佛只不过使他早一点活遍了一般人一生的经历，然后就过去了。

在车上，更年轻的学生说起过去学校的事和现在的工作。她过去在学校是出色的学生，聪明而有点骄傲，被一些教师认为是有才华但过于外露的；现在她也到城市来，在一间普通的书店做起事来，她将来会怎样？我也不知道。

而我呢？我也不知道了。我已不再在学校里教历史。过去的人和事，已经成为历史陈迹，如果我留在原地，不见得更好，像现在，也未必更好。愚蠢和聪明，无心或刻意，到头来也不过是那大的徒劳。

学生不知什么时候已下车了，车上疏落的只有两三个乘客，这是深夜，但小巴司机扭开了无线电，闹哄哄的时代曲歌唱着爱情，汽车突然驶入街灯明亮的一区，我懒洋洋坐着，依恋着这车内平凡的明亮和声音，不想在黑暗的地方下车。

（一九七六年六月）

坟　场

一　孩子与坟

孩子要看棺材车。一辆黑车在路那边经过,孩子高兴得大嚷:"又一辆棺材车!"大人告诉他这不是什么值得高兴的事,他并不同意。过一会,经过山头新的坟地,几个仵工在地上挖出深坑,一副油亮的棕色棺木搁在地上,孩子兴奋得瞪着眼。围拢在棺木旁有一群人,有人蹲在地上默默吸烟,有个人拿把黑伞,支撑自己身体,有个老人坐在地上,闭上眼睛,仿佛在那里打盹。后面沿山路上去,站了十来个披麻戴孝的年轻人。孩子从他们当中走过去,黑色的头颅敏捷地穿过宽大白色的衣袍,手臂挥动,又在浅棕色的麻衣后消失了影踪。山路狭窄,站了两个人已经够挤,地上隐约露出褐色的泥阶,孩子手中的树枝往地上一戳,又从两袭白衣间狭窄的缺口穿过去。

到了高山上,孩子说:"又说在高山上可以拾到很多树枝,那里有很多树枝呀?"

大人们看着那边新开的山地,一大片褐红色的鲜土,竖着一块一块墓碑。大人们说:"这儿去年还没有的,一年就多了这么多坟墓。"

孩子问:"什么叫坟墓?"又说:"你们说这上面有很多树枝拾,哪里有呀?"

孩子问这问那:"你们为什么向那人问路?"他问一切古怪的问题:"什么是死?""什么是尸体?"望着由他站立的地方直排到山上的一列一列墓碑,他仰起头,好像一直望到远处,望到白云那儿去,他问:"这世界有没有神仙的?"

有一次,他问:"爷爷是不是自杀的?"大人连忙阻止他胡说。但他依旧跑前两步,乱舞手中的树枝,向空中比划几下。他的世界是没有禁忌的。

大人们在那儿找寻亲人的坟墓,孩子却蹲在地上拾新的树枝。

"不要,这些肮脏!"大人说。

"这是长剑呀!"孩子举着一枝长长的树枝,那是连着叶子折断掉到地上的一截。大人们叫他把它丢掉,就拿着原来那截短树枝好了,孩子老大不情愿地放下。

在墓前,插了香烛,把烧鹅和烧猪肉拿出来,斟了酒,开始要烧元宝了。

"我要喝汽水!"

"等一会,先等爷爷吃过了。"

"他哪里会吃呀!"孩子在那儿闹别扭。他坐在一张报纸上,外面的衣服都脱去了。走路的关系,现在脸孔红红的,头发都竖起来。

酒浇到元宝上,发出"滋滋"的声音。

"我要喝汽水。"

"你来拜拜爷爷。"

"是不是拜了就可以喝汽水？"

他拿了红色的汽水罐子，心满意足地坐回报纸上。地上的草戳痒了他，他又笨拙地挪挪身体，换一个位置。

现在他开始注意周围的事物了。

"为什么有人把花插在那里？"

"你们说坟墓是死人的屋子，为什么有人坐在那里？会不会压着下面的人？"

为什么？为什么？蝉的叫声，鸟的啁啾。一声又一声，完了，又接下去。

"我累了！"走下山的时候，孩子郑重地宣布。

"你看，全山的孩子，没有要人抱的。"

"你们又说山上有很多树枝可以拾，你们骗人。"

"你手上这枝不是很好吗？"

"你们骗人。"

又一辆车驶到路口，车顶上白色和黄色的花缀成一个牌子。仵工抬着棺材走下车来。后面那辆车上，走下一队披麻戴孝的人。他们的神色沮丧。孩子却是没有悲哀的，他一下子又兴奋过来："我要看棺材！"

二　坟场的老人

他说每句话之前都说"唔"，好像是一个温和的同意。他笑嘻嘻的，一手拿锄头，一手拿个竹篮。人家问他髹碑多少钱，他说四块钱。

"三块钱就可以了。"

"唔。三块钱便三块钱好了。"

他把锄头当拐杖，每走一步就把它按在地上，一级一级走上去。

他用毛笔蘸了红色的墨,照着碑上的字迹填。碑上去年的字迹仍新。说他填少了一点,他说:"唔。是不识字的啰。"

他在那儿加上一点,说:"我只读过一年书。以前的学校,三块钱一个月。我阿妈替人打工,每天只有三毛钱。"

他看石碑上的字,说:"这个凿碑的人,看来也跟我差不多,大概也是不识字的!"他用手指指碑上那字。"这儿都没有点。"

"你识字的嘛!"

"唔。不是说过:只念过一年书。"他念出碑上的年份:"哦,一九七五年重修。"

他的竹篮里放着一罐啤酒,又有一瓶米酒。

"这么多酒?"

"人家送的嘛,人家来拜山。不喝酒,便送给我了。"

老伯尽挑好话说:"你们这里真好,这坟墓起得不错,你们真有办法。唔,不错。"

只是一座普通的坟墓,他却连坟墓也要赞。"风水好,这里风水好。"

他又说:"将来有钱的时候,连山边也铺上水泥,那就够气派了。从这边到那边……水泥从山下运上来,连上人工……大概一百元左右就可以了。"

灰白的石碑上,又一次涂上饱满的红漆。笔在碑石上停留。老人家嘻嘻笑:"看来这凿碑的人也比我好不了多少,他一定也不识字的!"手指,又掠过字旁漏去那一点的空位。

远处传来零落的爆竹的声音。偶然,在远远的山头,冒起一阵白烟。

锄头落在芜乱的草丛上,"好,这里好。唔,对出去多够阔大!"客套的赞美。仿佛这坟墓是新的寓所。唔,不错,风景很好,客厅够大。厨房?厨房也够光亮呀。

"不,这些是好的草,不用锄!锄了上边这些就够了!"指指点点。分辨出好草坏草。把东西放回篮中。啤酒,米酒。篮里放这么多东西。"是山下那些人,他们来拜山,买了酒,却是不喝酒的。"

一个少年拿着块红纸跑过来。"财神!"也不问要不要,就放在墓碑顶。

"好呀,财神也有了!"收拾好了,还站在那儿。"唔,好,这儿好,风水好。"

接过了钱。"三块钱?再多给一块吧?"

"不是说好了三块钱?"

"多给一块吧。过了清明,就没有生意了,想多赚也不行呀。"

"你有别的工作吧?"

"没有。退休了。你以为我今年多少?六十七了!没有,没有做别的工。"

"……"

"我的儿子打政府工。每月有千多块钱,可是,拿回来的不多呀。我的儿子都打政府工,打政府工是很好的,可是拿回来的不多……多谢呀!过了清明,就没有生意了。重阳的生意没那么好,只有清明前后的几天……"

(一九七八年四月)

新年前后

一 走廊里的老妇人

走廊里，这一家人门前，摆着几张沙发，其中一张上面，坐着一个白发的老妇人。

这家人的大门敞开，任谁走过都会看看。是年底打蜡吧，几个人正在里面勤快地操作，把沙发和小几，都推到门外来。老妇人坐在门外这沙发上，安静地看着工作。

走过的人都不觉得奇怪。这几天，这边的墙槃上新漆，那边的人家又贴地板。浓浓的烟冒出来，还有人走去张望。这几户人家，都在扫除。买来新的布置，又把陈旧的东西扔掉。

从敞开的门看进去，可以看见西洋的风景图画；在角落那儿，留心的话，可以看到红色的神龛。新买的水仙正搁过一旁，有些椅子覆倒叠在那边，另一面是堆模糊的物质，看不清是什么。

屋里面几个年轻工人正在起劲工作。他们也许已经忙了好几天。到年底，打蜡的生意就特别好。于是就早上赶一处、中午赶一处、下午又赶一处。每一处的工作都是大同小异的，都是把阻碍着的桌椅推开一旁，然后，蹲下来，为陈旧暗哑的地板上蜡,过一会又为它再擦新。

角落里的灰尘扫去了,破烂的东西扔掉了,又有新买的花,过后就安放在当眼的位置上。

这老妇人安静地坐在走廊的沙发上,看着他们工作。她怀里抱着一头白色的狗。有时她微笑一下。他们都没有作声。她一定是比屋里的人都度过更多的年,曾经扫去更多的灰尘,也买过更多的花。她记得在那里贴上红纸、点上线香,在油锅里炸一些油器。她一定认得那滋滋的声音,她会记得更多的声音和更多的颜色,在某些日子里,年好像更纷乱一点,又好像更丰富一点。

而现在,她只是安静地坐在沙发上看着,在这静静的下午,在这静静的走廊中。

二　祭桌旁的小孩

这客厅窗前,放着一张桌,上面的香炉插了蜡烛和线香,烛火的舌头向上翻卷,在线香的顶端,灰蓝色的烟像丝那样缫出来,袅袅升上去。碟子里放着拜祭的肥鸡和猪肉,煎堆圆滚滚实朵朵地堆在旁边,另一碟桔子一大串地连枝带叶。一个小孩走近去攀着桌的边缘,看过了闪烁的烛火,又去挑煎堆上的芝麻。

大人赶他回去玩,于是他又回去玩自己的积木。玩厌了就一个人伏在小几上,扮一只睡觉的鸟。

他今天有一种反叛的情绪,所以当大人们说:

"今天真冷。"

他就说:"今天不冷!"

但是大人们只是说:"你懂什么!"然后又继续他们的谈

话,说到爆竹和对联,说到除夕孩子们拿来的"财神"上的字写得多糟糕。孩子并不晓得爆竹是什么,也不晓得财神是什么。只好在人家肯定的句子上,加上一个否定的"不"。他砌了"铁甲万能侠",又砌"三一万能侠"。最后还是回到桌旁,碰这碰那的惹人注意。

他把肥鸡旁的茨菇咬了两个窟窿,大人才发觉了,他笑得鼻子和眼睛挤在一起。人家把他赶过一旁,把一个铁盆放在一叠旧报纸上,往盆里烧元宝和冥钱。他不敢走近那火花,嘴角却还带着刚才那顽皮的笑。

燃烧的最后化为灰烬,一盆黑色的碎屑。大人用一支竹筷子翻起纸灰,看可还有未烧透的没有。大人才放下筷子搁在盆边,孩子就捡起来,伸到盆里乱捣,他把灰黑的纸灰,拨到那灰银色凹凸不平的旧盆外面去。

大人连忙抢走了灰盆,孩子却骑到那叠旧报纸上面去。

他说:"骑三轮车!骑三轮车!"又开始了他的玩意。

三 快餐店前两青年

快餐店里面人头涌涌的,挤迫得不得了。两个蓝衣青年站到门外来。前面的横街是小巴经过的地方,有不少人在那里拦车。他们两人站在人丛中,手里各拿一个白色胶杯,边喝边说话。地面是昨夜年宵市场人们经过留下的废纸。这片快餐店的纸袋扔了满地,白色的纸张上一个橙红色线条绘成的人像,像小丑又像厨师,撕得支离破碎,拼不成一个完整的样子。

"……阿叔叫我一定要回去吃团年饭,真烦,吃了饭他们又去行年宵,我连忙走出来。过年真没意思。结果去彼德家里，搓通宵麻将。"

另一个人笑道："我想吃团年饭还没有呢。一个人，跑到餐室吃碟饭就算了。"

"那你结果怎样？"

"回去，钻上床，蒙头睡到年初一。"

"我宁愿学你。那就不用新年头就输了几百元。"

"你这样迷信！"

"不迷信就假。财运的事，很难说的！"

"还是你好，一家人团聚，你阿叔对你又好。"

"有什么好，噜噜苏苏的。他上次说我一句，我现在还没跟他说话。我阿妈又迷信，一天到晚拜神……"

"其实过不过年倒没所谓，好在有假放……"

"放假也是这样，打几天麻将，又返工了。"

然后他们说到哪里去玩玩吧。一个说上山顶，另一个说太冷了。一个说去海洋公园吧，另一个肯定地说："还不是跟维多利亚公园差不多！"他们想了几个地方，都一定会挤迫的。看戏买不到票子，喝茶又一定没有座位。

最后，其中一个说："还是在铜锣湾走走吧，新年嘛，走个圈，行大运。"

他们并没有走，还是站在原地。

"今年的利是，唉，阿姨只有两元，真是岂有此理。"

"阿姨？你去拜年了？"

"不是，大姊拿回来的。我不去拜年，利是却是要的。柴湾那么远！"我说，"年就不去拜，利是却一定要。哈哈！"

他顺手把刚喝完的胶杯捏成一团，挤进旁边的垃圾桶。

垃圾桶已经挤得满满的，这里那里突出一个纸盒的硬角、一丝褪色的纸屑。他想了想，又从口袋里把红色的利是封拆出来，搓成一团，扔进垃圾桶，有零星的红色纸屑，掉到地面，混进原来满地纸屑中。

"阿叔他们就是喜欢拜年，拖男带女的，真是麻烦。我自己玩玩不是更好。"

"我倒是想拜年也没法，亲人都不在了。"

"喂，我们到哪里玩玩？"

"去浅水湾吧？"

"好是好，但车这么挤迫，又要排队的。去玩是好的，挤车却不想了！哈！"

他们仍然站在那里。前面，一辆小巴停下来，一个母亲照顾三个女儿上车去。

"还是露丝她们好，到澳门放爆竹去了。"他又说。

"大屿山也可以放爆竹呀！不要说，澳门也有澳门的挤。"

"不同的，有钱就不同，像我老板，乘飞机像乘小巴一样，新年就到东南亚一带度假，真懂享受。有钱就什么都不同了！"

"有钱是不同的。"另一个点头同意。

"你说有什么方法，最容易赚到最多的钱……"他们仿佛真的正在想一个方法出来。

在背后，快餐店里川流不息，进去一群人，又涌出来一群人。白色的胶杯喝光就扔进垃圾桶，纸屑掉了一地。

四　茶室的老板娘

狭窄的茶室里，近门柜里那儿，坐着个中年妇人。她不但收银，还张罗店中的事，看来是老板娘吧。她坐在一张高凳上，好像高高在上的样子。

她正跟旁边卡位上的一个妇人搭讪："过一个年就劏了五只鸡，年三十晚吃两只，初一一只，初二开年又两只，吃几天都吃不完！"

那妇人说："八九元一斤，贵了。"

"我倒不怕贵，只要好。我每年都帮衬后巷的鸡婆，她的鸡是最好的了。"

"不是吧？街市那边的农场鸡，肥得多了。"

"我许久没去街市那边。我不去那边。"老板娘说："卖鸡婆的鸡，是这一区最好的！""不过，"另一个妇人软下来，不再争辩，"现在的小孩子，都不喜欢吃鸡了。"

"现在过年不像过年。今天呀，以前那个旧伙计阿成居然打电话来拜年就算了。以前哪有这样没礼貌的？以前我们拜年，不是又买水果又买糖的，拿了满手去的吗？"

"哪个旧伙计阿成？斯斯文文的那个？"

"他走的时候，大家好言好语的。我说你另有高就，我当然不留你。他的老板我也认识，我打电话去说：这人对客人粗声粗气的，你得留心。他果然做不长久，现在在街市做，有什么好？"

"对，好像是有点粗声粗气的。他现在做什么？"

"卖鸡鸭的，他的老板娘我也认识，我打电话去……"

"现在的人打电话拜年，大概是省钱吧。"

"还是旧亲戚有人情味。还有卖鸡婆，你不要小看她，来拜年给孩子们的利是倒真慷慨！"老板娘感慨地说。在这狭窄的茶室外面,安详的白发老妇、刚在快餐店出来的年轻人、顽皮的小孩,自顾自走过去了。他们各以自己的方式,度过这新年。

(一九七七年二月)

浪漫和世故的混合

前一个晚上，当朋友打电话告诉我她来了，约第二个晚上一起吃饭，我原先提不起劲，甚至想托辞不去了。我想：她年纪那么轻，就写小说成名，大概又是一个所谓才女吧。而我对人们高捧的才女，实在是厌倦透了。我不幸遇见几个，都是既没有作品，又态度嚣张，好像全世界都不放在眼内的那种人。我不是一个没有耐性的人，不过有时宁愿把耐性留给更有意义的事情就是了。

第二天去到，我才晓得自己的预想不对。她看来比想像中年长，而当大家交谈起来，我们发觉她对读书和写作都很认真，是实实在在把这当一回事，并非虚浮和炫耀的那种人。她一方面说到深夜在坟场喝酒的浪漫事迹，一方面谈到自己做的作家访问："既然没有人好好地做，我便去做了。"尽管有人劝她不要做这些无相干的事，专心写小说，她觉得有意义便做了。我们几个人，也同是既不脱浪漫本色，但另一方面也讨厌什么也不做的空谈的人，所以跟她谈起来，都很投契了。

后来我们到一个朋友家喝酒，她爽快地一块儿去。大家轮流唱歌的时候，她唱了一支台湾的民谣和一支美国民歌。

唱前一支歌时，她专注的脸孔和宽阔的前额看来像一个朴素的乡下妇女；唱外国民歌的时候，笑起来，则像一个女学生。她的脸孔瞬息变化，既对事物敏感又尖锐地观察他人。她一方面跟人容易相处，可以谈日常的事物，有一次却又浪漫地引用郑愁予的诗句。

这使我想到她的小说，一方面是早期那些幻想性和近期备受攻击的以性爱为主题的小说；另一方面，则是一些朴素的以故乡为题材的故事。既是不羁的，又是稳定的；既有大胆的个人抒发，也有世故的观察别人，这两种不同的素质，在她的两种小说中，也在她变化的脸孔中。

翌日她便要回去，那晚深夜我们还在面摊宵夜。她给我们逐一看掌。面早已吃完，大家还是不愿散去。我们这一伙人，生活的不顺遂、工作的刻板和所见的聚散，好像使我们知道许多，我们对甘美的片段时光，恋恋地总舍不得放手，正如一位朋友说："好像每一次见面都是过节一样。"不知怎的，我们自然地视她为同类，是像我们一样——有些事情知道而有些事情又宁愿不去知道的人。

那一晚，在面摊上，她看掌时对几个女孩子和男孩子都说了些关怀的好意的话，在这方面，她是世故的；但她跟一群陌生人一起"疯"，谈笑直至深夜，则是本性中随意自然的素质了。在这些事情上，我们看到她的小说的两面。

（一九七五年四月）

办娱乐刊物的朋友

当我回想我的朋友 W 君的时候,我总是记得他在那狭小的印刷房一角一张桌前,在隆隆的机器声中,在满桌杂乱的杂志和文稿中翻东西,或者是默默抽着烟的样子。我不知道他怎样了,希望他已经找到较好的工作。

他是早年偷渡来港的,多少还带着乡下人朴实和捱得住苦的素质,也始终没法适应香港这地方——即使在他自己也以为可以适应的时候,其实还是不行。他说过一个故事:初来香港不久,有一次走进茶室喝茶,冒充内行地指着餐牌上的"咖啡或茶"说:"要一杯或茶!"他果然被人发觉是外行。就这样,他一次又一次地被人发觉是外行,是不适应这个古怪的社会、这个习惯把模棱两可的连接词放在具体食物的名词前的地方。正如他碰了许多次壁,然后才晓得这里的"女子理发室"并不是理发室,而"音乐厅"也不是音乐厅一样。

他去学校教书,种种看不过眼的事使他辞职,他对校长说:"我这半个月的薪水不要了,捐给那几个家贫欠了学费没法交的学生吧。"结果校长把他狠狠骂了一顿:"这样的事开了先例,我们以后怎收学费?"

他在一些娱乐周刊工作过,后来离开了。他也在地盘做过建筑工人。他进一间报馆工作，在报馆里，做的事情最多，但一旦裁员的时候，有关系的冗员都留下来，他这种没有人事关系的人却给裁掉了。

　　他一直想搞一份正派的娱乐刊物，听说筹备了又流产了，因为资金的问题。后来有一天，我在路上碰见他，又听见他说起新刊物的计划。那是一个雨天，我正站在檐下，等雨势稍歇才过马路，刚好碰见他从旁边走过来。我们就站在檐下说话。外面是滂沱大雨，偶然一辆汽车疾驰而过，不负责任地溅起一地污水，迫得我们连连后退，缩在这仅余的托庇的空间。他说起他的计划，他说已找到愿意出钱的老板，办一份通俗刊物，而他自己希望除了媚俗之外，可以把其中一部分篇幅办好，留作有意义的用途。我默默听着。在我们站立的地方旁边是一个报摊，上面放满了五光十色的刊物，新的和旧的、娱乐的、妇女的、青年的、色情的，有些才刚出版，又有些已经没有新的一期了。这一年来，许多严肃刊物结束，也有许多色情刊物涌进投机的潮流，但亦不见得就站得很稳。普遍的经济不景气之下，彼此都受到威胁。报摊的妇人正拿起一幅遮雨的白色胶布，盖过所有这些品类复杂的刊物。雨仍在下，仍然是滂沱的雨，满地的污湿。地上一些撕碎的报刊的纸片很快就被行人踏成黑色的一片，或者随污水冲下沟渠，横飘进来的雨滴敲打着遮雨的胶布，在这上面积成一汪汪的水，胶布下刊物的鲜明颜色，显得有点朦胧了。

　　我听着他的说话。当然我相信他，只是我不大肯定，他能否坚持在媚俗中保持一些不媚俗东西。而且在目前这样的情况下，即使媚俗，要成功也是非常困难的。

几个月后,我去湾仔拿东西,顺便去附近他工作的新址探他。那是一个地下铺位,一个印刷房,高竖着巨大的黑色机器,而在门边,放一张小小的台,堆满文稿,他就在那里办事了。后来我晓得他是没有薪金的,大概是老板出资金而他出人力,如果赚了就分钱、亏了就一个子儿也没有的合作方法。当时我就想:那么我们也没有理由要求他坚持什么什么了,我们会想到原则、口味、理想一类的东西,在他来说却是实实在在的生活呵。

那里还有些别的人,在这狭小的地方,巨大而嘈吵的机器旁边,多几个人就显得很挤迫了。第一期正在"埋版",他让我看那些稿件,多是电影、电视和其他娱乐稿,但也有新闻分析、清新和扎实的副刊。他在某方面坚持了他的口味,即使娱乐稿,也文字流畅。我翻翻他桌面上其他同类的刊物,有些白字连篇,有些标题也弄错了,有些语气轻浮、刻薄;又有一份,甚至只是把报纸新闻剪下来拼成,在中间加上两页裸照便算。跟这些投机马虎的刊物比较起来,W君的无疑是老老实实地办出来的娱乐刊物。

他要我给他一点意见。其实当时在旁边发表意见的人已经够多了。有人把一叠叠的裸女刊物递给他看,又有人在谈增强社会性的问题。这种简陋的刊物的编辑部的气氛,过去对我来说一直是熟悉不过的,总是抽了一根又一根的香烟,弥漫满室的烟雾,喝着街上叫回来的厚杯的咖啡,然后就总有人在那里吹牛,发表意见,提议路线。总是有个把人在那里,好像什么也晓得的那样,分析某份杂志倒闭的原因,分析读者的心理,分析一份杂志如果要畅销就要走什么群众路线。这样的人多半没真正参与做过什么事，只在那里提意见，而当别人照这意见去做而失败的时候，他们又去分析别人失败的原因了。我的朋友是老实人，我希望他这份工作可以做得长久。但已经有太多人向他提意见了。所以当他叫我提意见而又一边手忙脚乱地赶印刷的期限时，我没有什么好说，只是帮他把两页副刊的版样画好算了。

室内太挤迫，我们只好把工作搬到门外，就在这横街的行人路上，撑起一张褶台，伏案工作。偶然一两个路过的行人会停下来，好奇地看看，以为这是新潮的写信佬行业还是什么的。

这偶然做的一个下午的帮工叫我感到有点荒谬。在饮食介绍、财务公司秘闻和男女明星起居之间，夹杂着一篇画家的访问记。正如在停泊汽车和让街童玩耍的横街上，有人撑一张桌子工作。画版是在杂乱中做一点整理，但四周其实是乱纷纷无可整理的一片。坐在那里做一点什么是很荒谬的，但比坐在室内聆听空谈，无疑确是舒服得多了。

那天以后，我又有一段时间没有碰见我的朋友。几星期后，他的杂志出版了，夹杂在许多同类的娱乐刊物之间，被更投机更抢眼的刊物压着。

再遇见他那次是他带着一群年轻的手足在街上贴海报。我的朋友做事很认真，你甚至可以说他有点紧张吧。那是湾仔区一扇贴满海报的墙，不，我想起来了，那不是墙，是一堵建筑地盘的木板墙，后面空空洞洞的，从木板的空隙中望进去，你会发觉后面空得怕人，那里什么也没有。这地盘空置太久，于是人们就在木板上贴满海报：什么药丸、药酒、家俬展览会或是那种男女主角都穿得很少的电影的海报，偶然也有一两张音乐会或艺术电影的海报，但没多久就被人盖过了。这些墙上的各种海报，贴上以后，不消一两天，就让人撕烂、涂花，或是被新的海报盖上。但为了宣传、做生意，而且也真有以此谋生的人，所以海报还是一层层地贴上去。

我在那里遇见他，所以就停下来说几句话。他当时充满信心，对于工作的劳苦和条件的限制毫无怨言。

他指挥他们刷多一点浆糊，把海报贴在墙上。通常贴海报的都是那么随便一刷算了，他却要它们稳稳实实贴好。旁边的人都觉得他有点过分紧张了。

那天因为他还要做保利公司的新闻，而我也赶着上班，大家没有说上几句话。后来我每期都买他的刊物来看，是普通的娱乐刊物，听说销路还不太差。他自己尝过失业的滋味，所以在刊物中设有免费的职业介绍站，这类事情很难得，正如他始终坚持一个认真的副刊，我觉得这也真不容易。没有在这一行工作过的人永不会知道，人是容易变得多么势利的。每个人都在谈宣传自己的说话、投机地跟随热门的潮流、对自己没有利益的事都不去做、巴结成功人士并且践踏失败者。

我高兴 W 君有自己的原则，老老实实地办自己的事。但他一方面要通俗，一方面要认真，兼顾这两方面似乎使他伤透了脑筋。他不是本地的"蛊惑仔"。他做事有时是笨拙的，就像我们一样，出发点是好的，做到后来可能就弄糟了。我们常笑他：做事紧张，说话噜苏，做事糊涂。但是，如果他不是这样，如果他是"醒目仔"，又或许不会有所坚持了。

有时看他的刊物，一些娱乐稿改上一两个哗众取宠的标题，内文却仍然十分正经。他以他不善逢迎的手法，无疑亦想走通俗的路线。他总是说："含蓄是不够的，要喊出来才行。"

但即使他呼喊出来，又有没有人聆听呢？

也许事情实在比我们所想的要复杂一点。而现在回想起来，最可惜的是：虽然我们都希望他办好点，但却几乎没有给过什么实际帮助，只是袖手旁观，看着他挨下去。也许我们都可以归咎于自己的生活、工作、情绪。但，真是这样吗？也许我们都以为还有许多时间，没想到刊物转眼间就支持不住结束了。

他刊物上介绍职业的一栏，求职的人多，但愿意提供职位的厂家和老板却一个也没有。想法跟现实总是距离很远。刊物创办以来，一直就有不少人叫他老板取消文艺副刊，改刊裸照，以及其他种种投机的做法。但有些事他不愿做——或者说他不能做，因为他的背景、他的想法，做不出太过分的事来。

在杂志结束的前夕，我又见过他一次。那时只晓得有些困难，销路不大好，却绝对没料到要结束了。印刷房里面灯光黯淡，人好像少了点。但仍有个我不认识的人拿着本裸女杂志说怎样才是最聪明的做法。不幸——或者说幸而——W君并不那么聪明。说起销路不好，他也没怪老板、设备或其他什么。他仍然保持着那种捱得住苦的素质，沉着工作。过了不久，杂志没出版也没了他的消息，过了一期又一期的时间，我们才晓得那真是结束了。最后一期杂志在报摊上还放多一个月左右，然后才在那些花花绿绿的报刊间消失。就像每份杂志停刊那样,外面的人开始分析他的失败,势利地表示这是坚持文艺的下场,另一些人像蚂蚁围着糖果那样涌往新的杂志社。我没有再见到我的朋友,不过我怀念他。希望他已找到一份更好的工作吧。

(一九七六年一月)

不愿变狼的羊

有人谈到你的作品了。奇怪的是,他竟然以为你的拗曲可能是一种匠心的经营。一个细读过那些作品的人,怎可能提出一个这样的疑问?

不管怎样,人们逐渐开始承认你了。在过去,我们谈起你的作品,还要冒着别人冷笑的嘲讽;说喜欢你的作品,还要被人认为是品味不佳;因为替你辩护,还跟人发生争执。而现在,忽然间,再也没有这样的麻烦,紧卡着的关闸开放,人们容纳你进去了。

但我想你始终是一个不愿意买票进场的人。你不会买票。结果人们说:你不买票也可以进来了。他们又加上一句:他不过是个顽皮的孩子,假装不买票罢了。但我想你并不要这种宽恕。

因为你并不是假装的。你写下的每个字都是你。你做过种种不同的事情,你在每一处都留不长久,你跟这世界有一场连绵数十年的争吵,你长期失业,你无法跟这个世界相处,最后甚至要跑到高山上去。这哪里是什么精彩的情节呢?这是你的一生呵。

人也许只有两种吧,我想。要么就是狼,要么就是羊。

这世界上那些自满自负的人是狼,而你始终站在对面,在被摒弃者群中,在沉默忍受者群中,在羊群中。

这世界上许多人假扮是羊,但一有机会,他们就变成狼了。但你不是。仍有许多人在孤独中展读你的作品而产生共鸣,获得勇气去学习做一个忠于自己的人。

(一九七一年十月)

远去的人

听说你又一次远去，我是看别人写你才晓得的。

远去或许是好的。有人说远去可以制造一段距离，令朋友觉得彼此可以忍受。因为对方缺席了，自己就可以随意设想，照自己所想的形象塑造对方，把对方美化，简化为一个概念，那就一切都容易接受。我始终觉得，困难的是两个朋友如何相处、如何接受转变与经历摩擦、如何分享又如何发觉有些事情无法分享。那种无可奈何的感觉使人不快，那种接触带来挑战，时日带来考验。而一旦远去，就只剩想像，没有行动；只剩过滤的记忆，没有参差的现实的反驳。复杂的性格变成只剩一个鲜明的形象了。

而你，是一个可以留给别人鲜明印象的人，所以描写你总是容易的。

记得第一次见到你的时候，不知是在学生休息室还是什么地方，就被你不羁的行为和侃侃而谈的态度激怒了，那时我年青很多，所以就冷冷地说：事情未必是这样的吧……这就开始了我们的争辩，也开始了我们的友谊。

总是从谈话开始……你从没有兴趣去旅行，对电影也不热心，只是谈话。在谈话中，我们逐渐发现彼此兴趣相近的地方。当我们在膳堂或学校的草地上相遇，就总是谈个不休。有时，比方说，我们会逃课，赖在膳堂喝咖啡，只为讨论布禄东"空气在她玻璃的股上"那样美妙的句子。

你是个一开始就给予人强烈印象的人。那时我们在同一所学校读书，大家都对那种腐败的制度、那些弄权的系主任和注册主任不满。但当我充满怨言，你却能遂于行动的快感。你可以在不高兴的时候，不理教授的喃喃自语，就这样推门走出课堂；你在早会上发出嘘声，并且当着那个猥琐的注册主任面前，作出叫他吓得半死的行为。我当时没有想这方法对不对，却全然佩服你行动的勇气。为了吸引一个女孩子，你从二楼跳到操场上。

你一次又一次跃下、喊叫，推门离开，你确是给人留下印象的人。即使不是用动作，你也可以用言语说出。你是最佳的谈话对手，可以把一件事叙述得栩栩如生，可以把意见表达得坚持而又婉转。你的言语是你的外貌的反面：世故、宽大、幽默而且丰富。在你凌乱的头发和衣服、棱角的外貌底下，你的言语却总是有条理、有趣味，而且总是为人着想的。这就像你的诗，尽管你是个某方面看来颇为粗豪的人，它们却温柔、婉约而且简短。我所见的不多，但已兴奋于这新一面的发现，也许是第一个向别人推荐它们的人吧，我甚至把它们寄往别的地方了。就像我把你介绍给其他的朋友一样。

那时我们都热心于沟通，热心于把自己所有的与别人分享。我们曾经许多夜晚在咖啡室中深谈；我记得，有一所咖啡室有一列临街的窗子，墙上有一副白色的面具，就跟你家中墙上的一副面具一样。我们在那里谈到许多旧俄小说中那些宽大开朗的人物，以及根据这些小说改编而成的电影。现在，我偶然会回到那所餐厅吃饭，不过那儿现在已改变许多：名字换了；添上卖饼的橱窗，窗子不再临街；幽雅清洁的墙上出现了丝丝污渍和裂纹；而且，墙上也没有了那副白色的面具。

当我最先找寻葛蒂沙的集子，是你替我找来的；知道我喜爱杜布菲的画，有一年，你特别找来他绘的一张圣诞卡……但当然，最难得也最有心思的礼物还是你的说话。你说那些过去的朋友：那个念佛而家中堆满了佛像的友人，那个狂放的写诗的人，他们现在都活在另一个地方，一个跟这里如此不同的地方。你是离开那里远去而来到这里的，在那里的时候，你曾因为什么也不做、什么会也不开而备受批判；来到这里，你许多时仍是沉坐在你家的藤椅上，什么也不想做。你幸运的地方是你总可以离开那里，"远去"来到这里，现在又离开这里，"远去"到别的地方去。你那些友人留在背后，过那些不堪的日子，你给我绘画了他们的形象；至于那些画、那些诗，你没有给我看过，你都丢失了。但你用说话描绘使它们成为一种形象。一些遥远、不可触及而可以怀念的东西。

等到我们先后离开学校，那些在草地上闲谈的日子就成为过去了。我立即就开始干不愿干的工作，负上沉沉的责任，这条路直到现在还未走得好。比我好的是，你更率性、更不妥协；而比我幸运的是：你即使不妥协不工作生活也没有问题。于是当我辗转从一份工作跳到另一份，你仍是无言地坐在家中，或者踱长长的夜路。

生活、环境和各自的朋友使我们逐渐疏远。然后你去了外国。那是你第一次远去。无疑我替你高兴，甚至是羡慕你的。生活教晓我有些事无法抛下，不能猝然离开。而你，飘然远去，没多久，过了几个月吧，又回来了。

当我们再见面的时候，我原以为会有一次热烈的谈话。但你只是摇摇头说：并没有看到什么。你说你原以为打算逗留许久，还有许多时间去看事情，但临时决定回来，就哪里也没有去。你有你的消沉，但逐渐我没法了解那原因在哪里；正如我的烦恼如藤如蔓，纠缠不清，但也很难跟你谈及。于是我们就只是谈那些远去与消失了的事。

谈到现况，谈到无法改变的将来，话中就好像有了顾忌，避开那些分歧，只能说些安全的、过去了的人和事。等到说尽了远去的，话便断断续续地熄灭下去，只剩窗外无边的黑暗。

偶然，我们还会碰到，见面的时候，有时你给我看新写的诗，而且你谈到怎样写它们。你说起来是精彩的，你的想法，你想表达的东西，你的联想和叙述的话语，使我看你的诗时觉得它们表达不出你所说的东西。它们的调子仍然轻柔。当然，你虽写得简单，但也从不粗糙，许多时仍然有好的句子。我只是不同意你那些迷信灵感一涌即成的观念。

我看诗的判断可能自信，但对生活上的取舍却一天比一天犹豫。无疑在各方面我们都无意地走上不同的路。你狂放、采取直接的行动，顺从感情的突然起伏；我却过分犹豫，思虑多于行动。要等我们相距了这么远，然后我才发觉你的一面其实有不少优点，但相处的时候却只见距离。正如较早时，你好意替我们做了一个访问记录，我却觉得遗漏太多，不够准确。你一定嫌我过于苛刻地要求完美，我却无法忍受突然而来的放任，还有凡事做不好就立即放弃不做的态度。距离或许就这样形成的。

后来，我偶然还会听到遇见过你的人告诉我说你够狂够放。我自然也欣赏你率性行动的勇气，但我原来更欣赏的是你为人着想，能够从事物中有所发现而与人分享的一面。是你那一面逐渐隐退，还是被过强的外貌遮掩而不为人发现呢？

我不知道。

这亦只是个平凡的故事。许多人尝试沟通，偶然，他们成功，然后逐渐又回到那无言的灰暗的地带。

后来，你出版了一本诗集。我看了，也看到别人对你的一些赞扬。我没有说什么。我想，于你来说，可以有劲去做一点什么，至少是比什么也不做更快乐一点吧。

最后一次在路上遇见你，我说：我们去喝杯咖啡吧。断续的沉默以后，我们谈到了诗。你写了最近的几首给我看。这一首，你说，是看了那位意大利导演回中国拍摄的那部电影后写的，你说到你远离了的故乡，你说到片中那些女孩给你的感动，那些发的感觉。你这样说着，而你看着我，好像要我坦白说点什么。我说：听你这样说，我明白你想说的是什么，但只是看诗本身，却没有这么多。是否还没有把你的感受说出来呢？而你就立即说：如果你是喜欢长一点的诗，这首倒是长点……说着你又写了首长点的给我看。但当然，我指的并不是长度。又比如这一首，我指着另一首说，给我一个形象，里面有一点感觉，但好像还未出来，就已经完了。我们谈到表达的问题，你说：有些诗描写得很准确，但没有意思，没有感情，那又有什么道理呢？我说，这样说是对的，但有了感情，写的时候，有时还是没法把那复杂的感情传达出来。

当时我们总好像谈不拢的样子。但过了这么久，现在一切都可以变成一个微笑了。我们那时并不晓得，光是这样，两个人坐在咖啡馆中，争辩一些诸如诗这样的问题，已经是十分难得的光景。可以把话说出来，即使争论，也比充满狐疑的沉默好。

然而结果我们却只是沉默下去。当话说完，便只剩下外边街道上残琐的声音。每次想到一个话题，要说出口，便想到二人之间那愈来愈远的距离，又打消了说出来的意思。话就像烟圈，一个一个冒升，未形成又消散了。偌大的咖啡馆空荡荡的，开着过冷的冷气。

或许那不是烟圈，那是云。就像你诗中说的那样，你乘上一朵，在孤静的山谷上面，徐徐远去。过了很长的一段时间没有见面，然后最近听说你又到外国去了。

现在隔了这么远，我也不知怎的竟会说起你来。当人远去，就变成一个形象。隔开一段距离，就什么都不要紧。只有在最接近的时候，两个人才会因为对方竟然对某些事这样想这样看而觉得奇怪，两个人才会竭力想帮助对方并因为帮助不成而生气，才会不愿意看见对方太受过去影响不能过现在的生活……但一旦隔开，便自然潇洒了，一切只是一片远去的云，而云，是可以欣赏的。

我说一切都可以变成一个微笑了。我说你,其实我也想到别的人。不光是你和我,而是任何一个人和另一个人。无端受阻于现实的琐事,反而可以容纳遥远的形象。已经有人说我把你过分美化。或许并不是,只是隔去真实接触的侵蚀,一切容易接受得多;不再设法改变人与人之间那些无法改变的分歧,或许就可以微笑了。我抬头看见一朵云无言远去,而我仍走在人来人往的灰尘的路上。

(一九七五年五月)

后　记

　　坐在这面窗前,想着那面窗子。明天还要回去,收拾留下的书本。住了十年,中间离开五年,还是记得那窗外面山上一列绿竹,在风中温柔摆动,翻出白色闪光。不过是一面小小的窗子罢了,看着那些光影,倒是写了许多字。后来离开了,看到更多壮阔的山水,遇到更多动人的事物,提起笔来,却总想等到一个比较安定的时空再写吧。回来了,推着木头车,把一袋袋书从邮局搬回家,来回走了一趟又一趟。书本挤在透不过气的空间里,随回南的天气潮湿,无奈地皱眉。现在我抱歉地拭干净,望它们不再辛酸。我看着书本的伤痕,想它们也像人一样,会遭遇濒于死亡的衰竭,需要一段时间才可以逐渐康复。几年生活的不安定,失去的东西太多,也没有强求事物的心素,只剩下这么一堆书,也难保不沾灰尘,要用力拭拍,在阳光下晒它几天。隔了几年再回到窗前,还是觉得那片绿色是熟悉的。我们也曾经爬上巍峨的山头,我们也曾经对着汪洋打开胸怀畅谈呢。妇人们把水泼出去,路上蜿蜒流动着青山,我们看到了么?我们愿意细看么?鸟儿吱吱乱叫,木头车辘辘转进小巷。改变太多了。搬空了书籍的墙壁,令我想起髹墙的朋友们。地板都垮松了,纵横留下许多痕迹,记得每一个在摇椅上坐过的人。把盆栽从窗框上解下来,窗子露出本来朴素无求的面目。竹叶青青的晃动,却已变得稀疏了。山边盖了木屋又拆去,损了满山青绿。室内也变狭小了,夜晚看书的时候,没有安坐的地方,有了更多蚊子和虫儿,书本也难以细读,都挤在一起,要找的也不晓得到哪里去了。因为过去模糊不清,未来也变得不能确定,浮浮泛泛的,好似虚悬在许多重重叠叠的时空里,看着那一点绿色,欲说还休。那些感觉,是真的?是假的?我们曾看见青葱烂漫,变成浩瀚的高山,又见它在悠悠的日子中,一分分受侵蚀。从高山俯览,可见连绵的全貌,但漫游的时候,一草一石何尝不足以细看?许多单独的点,在回想中串成线条与色面。这是想像中的风景?是因为失去一丛浓密的青绿,失去一些过去的记录,所以虚构出来的?然后有一天,在酒馆里,朋友递给我一个棕色纸袋,打开来一看,里面尽是当时坐在窗前写下的字。重读一遍,竹头木屑里,隐约似有昔日的山水城市、日夜光影。剪裁一番,也许可以把过去和现在连在一起,可以代替我的沉默说话?旧稿编成新书,眼前尽有呛鼻的灰尘,变幻莫测的气候,但愿怀念的山川人物常青。